KB265878

생명의 보물 창고 우리 생태지

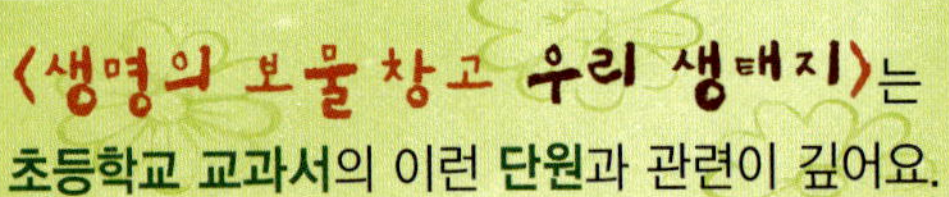

 **2학년 1학기 국어**
2. 알고 싶어요

 **4학년 1학기 과학**
2. 지표의 변화 (2)변화하는 땅

 **4학년 2학기 국어**
5. 정보를 모아

 **4학년 2학기 과학**
4. 화산과 지진 (1)분출하는 화산

 **5학년 2학기 과학**
1. 환경과 생물

 **6학년 1학기 사회**
1. 우리 국토의 모습과 생활 (3)지형과 우리 생활
3. 환경을 생각하는 국토 가꾸기 (1)자연과 더불어 사는 인간
                                    (2)환경 문제의 해결을 위한 노력

 **6학년 2학기 과학**
3. 쾌적한 환경

생명의 보물 창고 우리 생태지

우리누리 글 ● 홍우리 그림

주니어중앙

어린이가 꿈을 키우는 터전

꿈 많은 어린 시절엔 장대한 역사와 위대한 문화유산에 관한
책을 읽는 것이 좋다.
거기에는 어린이가 꿈을 키우는 터전이 있기 때문이다.
감수성 예민한 어린 시절엔 흥미로운 그림을 통하여
재미있게 이야기를 풀어간 책이 좋다.
그것은 시각적 인식을 통해 어린이의 상상력을 자극하기 때문이다.
『오십 빛깔 우리 것 우리 얘기』는 이런 필요조건을 갖춘
고급 어린이 교양도서라 할 만한 것이다.

유홍준
(전 문화재청장, 현 명지대 교수,
『나의 문화유산 답사기』 저자)

이 책을 추천해 주신 선생님들

● 전래놀이, 풍속과 관련된 수업에 활용하고 있습니다. 옛 풍속과 관련해서 요즘에는 잘 사용하지 않는 용어들이 있어서 아이들이 어려워하는데, 이 책에는 사진 자료와 함께 쉽고 정확하게 설명이 되어 있어 아이들이 이해하기 쉽게 되어 있습니다.

— 손영수 선생님(가사초등학교)

● 아이들이 우리의 전통문화를 쉽게 접할 수 있도록 도움을 주는 소중한 자료입니다. 우리 학교의 독서 퀴즈 대회에서 매년 사용하는 책이랍니다.

— 성주영 선생님(도당초등학교)

● 우리의 옛 풍습과 문화, 관혼상제 등에 대해 자세히 설명되어 있어 수업을 하기 전에 미리 읽어 오라고 하는 도서입니다.

— 전은경 선생님(용산초등학교)

● 우리의 문화와 역사를 초등학생들이 이해하기 쉽도록 재미있는 옛이야기로 풀어낸 점이 가장 마음에 듭니다. 초등 교과와 연계된 부분이 많아 학교 수업에 많이 활용하는 도서입니다.

— 한유자 선생님(삼일초등학교)

김임숙 선생님(팔달초)　　조윤미 선생님(화양초)　　이경혜 선생님(군포초)　　염효경 선생님(지동초)

오재민 선생님(조원초)　　박연희 선생님(우이초)　　박혜미 선생님(대평중)　　이진희 선생님(수일초)

최정희 선생님(온곡초)　　정경순 선생님(시흥초)　　박현숙 선생님(중흥초)　　김정남 선생님(외동초)

이광란 선생님(고리울초)　　김명순 선생님(오목초)　　신지연 선생님(개포초)　　심선희 선생님(상원초)

문수진 선생님(덕산초)　　정지은 선생님(세검정초)　　정선정 선생님(백봉초)　　김미란 선생님(둔전초)

김미정 선생님(청덕초)　　조정신 선생님(서신초)　　김경아 선생님(서림초)　　김란희 선생님(유덕초)

정상각 선생님(대선초)　　서흥희 선생님(수일중)　　윤란희 선생님(안산시근로자시민문화센터어린이도서관)

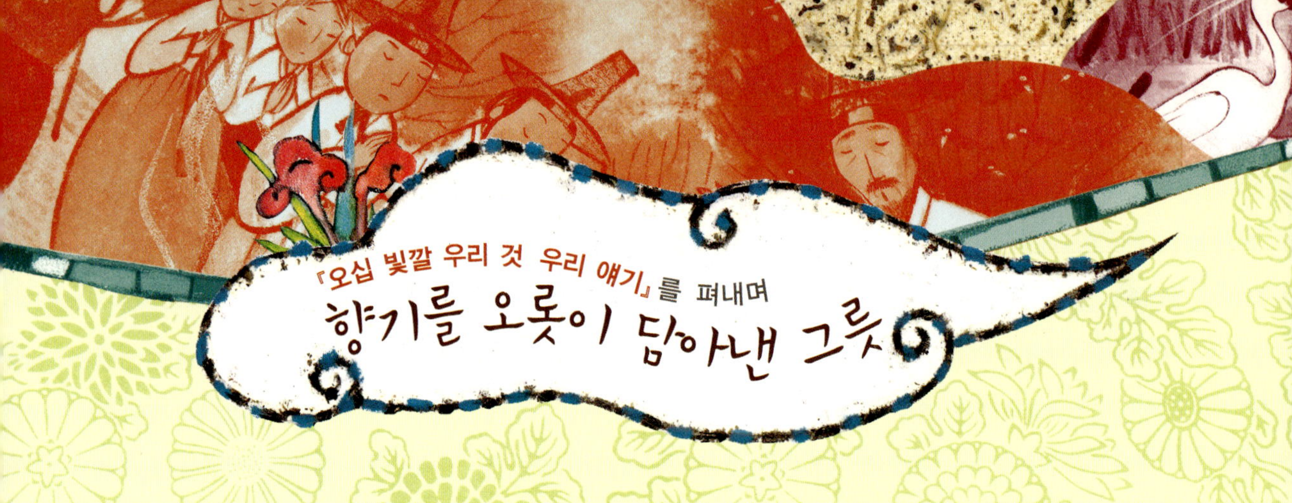

향기를 오롯이 담아낸 그릇

　　『오십 빛깔 우리 것 우리 얘기』 시리즈가 처음 출간된 지 어느덧 16년이 되었습니다. 그동안 수많은 어린이와 부모님, 그리고 선생님들의 사랑을 받으며 전 50권이 완간되었고, 어린이 옛이야기 분야의 고전(古典)이자 스테디셀러로 굳건히 자리매김해 왔습니다.

　　이 시리즈는 '소중히 지켜야 할 우리 것'에 대한 이야기를 어린이를 위해 '쉽고 재미있게' 풀어쓴 책입니다. 내용으로는 선조들의 생활과 풍습 이야기, 문화재와 발명품 이야기, 인물과 과학기술·예술작품 이야기, 팔도강산과 고유 동식물 이야기 등 우리나라 역사와 전통문화 모든 영역을 총망라하고 있습니다. 그리고 이를 50가지 주제로 엮어 저학년 어린이도 얼마든지 볼 수 있도록 맛깔나는 옛이야기로 담아냈습니다. 장대한 역사와 위대한 문화유산을 배우기에 옛이야기만큼 좋은 형식도 없기 때문입니다.

　　대한민국 국민으로서 알아야 하고 전해야 할 우리 것, 우리 얘기는 아주 많습니다. 그동안 이 시리즈를 통해 많은 어린이가 우리 것을 알게 되고, 우리 얘기를 사랑하게 되었을 것입니다. 시간이 흘러도 역사와 전통문화의 향기는 변하지 않기 때문입니다.

하지만 저희는 그 향기를 담아내는 그릇이 그간 색이 바래고 빛을 잃었다는 사실에 가슴이 아프고 안타까웠습니다. 그래서 책에서 전하는 우리 것의 향기를 오롯이 담아낼 수 있는 새로운 그릇을 찾고자 하였습니다. 그 그릇을 통해 향기가 더욱 그윽해지고 멀리까지 퍼져서 수백 년, 수천 년 전의 우리 것이 오늘날에도 살아 숨 쉴 수 있도록 생명력을 주고자 하였습니다.

이에 몇 가지 원칙을 가지고 『오십 빛깔 우리 것 우리 얘기』 시리즈를 새롭게 출간하게 되었습니다.

◎ 원작이 가지는 옛이야기의 맛과 멋을 그대로 살렸습니다.

◎ 요즘 독자들의 감각에 맞추어 디자인과 그림을 50권 전권 전면 개정하였습니다.

◎ 교과 학습의 길잡이가 될 수 있도록 연계 교과를 표시하였습니다.

◎ 학습정보 코너는 유익함과 재미를 함께 줄 수 있도록 4컷 만화, 생생 인터뷰,
   묻고 답하기 등으로 내용을 재구성하였고, 최신 정보와 사진을 수록하였습니다.

◎ 도표, 연표, 역사신문, 체험학습 등으로 권말부록을 풍성하게 꾸며서
   관련 교과 학습을 강화하였습니다.

이 책을 처음 읽었을 8살 꼬마 독자는 지금쯤 나라와 민족에 긍지를 가진 25살 자랑스러운 대한민국 청년이 되었을 것입니다. 그 청년이 부모가 되어서도 자녀에게 다시 권할 수 있는 그런 책이 되기를 바라며, 이 시리즈를 오십 빛깔 그릇에 정성껏 담아 내어놓습니다.

주니어중앙

생명의 보금자리, 우리 생태지

여러분은 '생태지'라고 하면 무엇이 떠오르나요?

"엄마, 아빠랑 함께 놀러 가는 곳이에요."

"물고기도 잡고 곤충도 잡을 수 있는 곳이에요."

많은 사람이 생태지를 가서 놀고 즐기는 곳이라고 여겨요. 하지만 생태지는 사람이 아니라 자연이 주인공인 곳이에요. 생태지에는 셀 수 없을 만큼 많은 생명이 산답니다.

우리나라 곳곳에 자리한 생태지에는 수백 년이나 된 나무가 늘 한자리에서 세상을 내려다보고 있어요. 또 수줍게 목을 내미는 남생이와 백 년을 넘게 산 잉어, 밤낮으로 열심히 쇠똥을 굴리는 쇠똥구리도 있어요. 그뿐만이 아니에요. 벌레를 잡아먹는 식물인 끈끈이주걱과 깊은 동굴 속에서 눈을 반짝이는 박쥐도 살고 있지요.

　이 책에는 여러분이 꼭 알아야 할 우리 생태지 열 곳을 소개하고 있어요. 대암산 용늪, 삼척 환선굴, 한강 밤섬 등 한 곳 한 곳 재미나고 신비한 이야기를 간직한 곳이지요.

　그럼 이제부터 신 나는 생태지 여행을 떠나 보아요. 그곳에 사는 소중한 생명들도 만나 보고요. 그리고 책을 다 읽은 다음에는 우리 생태지를 찾아 직접 탐사를 떠나 보아도 좋아요.

　참, 기억하세요. 생태지에 가면 우선 발소리와 목소리를 낮추어야 해요. 사람 소리에 동식물들이 놀라지 않도록 말이지요. 그리고 생태지에서 만나는 생명은 무엇이든 함부로 잡거나 죽여서는 안 돼요. 모두 우리와 자연 속에서 함께 살아가는 친구들이니까요.

어린이의 벗 우리누리

차례

4천 년 생명의 역사를 간직한 습지 대암산 용늪 12
백두 낭자 · 한라 도령의 우리 동식물 관찰 일기
벌레를 잡아먹는 식물, 끈끈이주걱 22

살아 있는 신비의 동굴 삼척 환선굴 24
백두 낭자 · 한라 도령의 우리 동식물 관찰 일기
깜깜한 동굴 속의 제왕, 박쥐 34

자연의 힘이 다시 만든 섬 한강 밤섬 36
백두 낭자 · 한라 도령의 우리 동식물 관찰 일기
밤섬을 찾은 철새, 흰뺨검둥오리 46

멸종 위기 생물을 지키는 모래 언덕 신두리 해안사구 48
백두 낭자 · 한라 도령의 우리 동식물 관찰 일기
신두리 해안사구의 환경 지킴이, 쇠똥구리 56

원시의 모습을 그대로 간직한 습지 창녕 우포늪 58
백두 낭자 · 한라 도령의 우리 동식물 관찰 일기
사라지고 있는 민물 거북, 남생이 68

굽이굽이 생명이 흐르는 강 영월 동강 70

백두 낭자·한라 도령의 우리 동식물 관찰 일기
어라연의 토종 물고기, 어름치 80

철새들의 천국 낙동강 하구와 을숙도 82

백두 낭자·한라 도령의 우리 동식물 관찰 일기
턱시도를 입은 신사, 검은머리물떼새 92

바닷가에 펼쳐진 생명의 터전 강화도 갯벌 94

백두 낭자·한라 도령의 우리 동식물 관찰 일기
갯벌의 청소부, 갯지렁이 106

크고 작은 늪을 품은 산 천성산과 화엄벌 108

백두 낭자·한라 도령의 우리 동식물 관찰 일기
천성산의 대표 동물, 꼬리치레도롱뇽 118

조상의 지혜와 자연의 힘이 만든 숲 함양 상림 120

백두 낭자·한라 도령의 우리 동식물 관찰 일기
상림의 주인공, 서어나무 130

부록 교과가 튼튼해지는 우리 것 우리 얘기 132
생명이 살아 숨 쉬는 곳, 우리 생태지

4천 년 생명의
역사를 간직한 습지
대암산 용늪

"비나이다, 비나이다……."

마을 사람들은 모두 두 손을 모아 기도를 올렸어요.

마을에 오랫동안 비가 오지 않자 모두 야단이 났어요. 논이며 밭이며 거북의 등처럼 갈라져 버린 지 오래였지요. 마을 사람들은 이제 입까지 바싹바싹 탈 지경이었어요.

"용늪에 가서 비는 방법밖에 없겠소."

마을 사람들은 신비한 용이 살고 있다는 용늪으로 올라갔어요. 옛날부터 이곳에는 정성껏 제사를 드리면 비가 온다는 전설이 전해 오고 있었거든요.

마을 사람들은 정성을 다해 제사를 드렸어요.

"자, 이제 다 되었으니 개를 던지게."

마을에서 가장 나이 많은 박 노인이 긴장된 표정으로 말했어요. 마을 사람들은 데리고 온 누렁이를 앞으로 끌어냈어요.

"하나, 둘, 셋!"

사람들은 누렁이를 힘껏 용늪에 던졌어요.

"깨갱!"

누렁이는 눈 깜짝할 사이에 용늪 속으로 사라져 버렸어요.

용늪은 한참 동안 출렁거리더니 이내 늪 한가운데에서 흰 연기가 피어올랐어요. 그러더니 조금 뒤 거짓말처럼 하늘에서 빗방울이 떨어지기 시작했어요.

"만세! 누렁이를 받은 용이 비를 보내셨다!"

마을 사람들은 얼싸안고 기뻐했어요.

이 이야기는 강원도 대암산에 있는 용늪에서 전해 오고 있어요. 정말로 개를 늪에 넣으면 비가 오냐고요? 사실인지 아닌지는 알 수 없어요. 하지만 그만큼 용늪이 신비로운 곳임은 틀림없어요.

  ‘용늪’이라는 이름 역시 ‘하늘로 올라가는 용이 쉬었다 가는 곳’이라고 해서 붙여졌지요.

  용늪은 강원도 양구군과 인제군 사이에 있는 대암산 꼭대기에 자리 잡은 늪이에요. ‘늪’은 그리 깊지 않은 진흙 바닥에 물이 항상 축축하게 고인 곳을 말해요. 보통 축축한 땅을 ‘습지’라고 하는데 늪도 습지 중 하나랍니다.

  그런데 이렇게 신비한 용늪은 언제 생겼을까요? 연구가들은 용늪의 나이가 4천 살쯤 되었을 거라고 짐작해요. 사람이나 동물이 아닌 늪의 나이를 어떻게 알 수 있느냐고요? 그것은 바로 ‘이탄층’ 덕분이에요.

  이탄층은 식물이 썩지 않고 쌓인 층을 말해요. 원래 식물이 죽으면 미생물이 식물을 분해해요. 쉽게 말해 식물이 땅속에 묻히면 썩지요. 그런데 용늪에서는 죽은 식물이 잘 썩지 않아요. 용늪의 기온이 워낙 낮은 데다 습기가 많기 때문이에요.

  용늪은 평소 기온이 4도 정도이고 가장 더운 여름철에도 16도를 넘지 않는답니다. 이렇게 서늘한 날씨 덕분에 죽은 식물이 잘 썩

지 않고 조금씩 쌓이게
되었어요. 그리고 오랜 세월이
흘러 스펀지처럼 물컹한 지층이 만들
어졌는데, 이것이 바로 이탄층이랍니다.
이탄층은 1년에 겨우 1밀리미터밖에 생기
지 않아요. 그런데 용늪의 이탄층은 1미터가
넘어요. 깊은 곳은 무려 1미터 80센티미터나 되
고요. 이것으로 보아 용늪이 얼마나 오랜 세월에
걸쳐 만들어졌는지 알 수 있지요.

용늪은 기온 차가 심하고 동해에서 불어오는 습한
바람 때문에 안개가 자주 끼는 곳으로도 유명해요. 일
년에 170일이 넘게 안개가 낀답니다.

안개가 자욱한 용늪은 신비함으로 가득 차 있어요. 용
늪의 안개에 얽힌 이야기를 들려줄게요.

지금으로부터 60여 년 전, 한국 전쟁이 일어났을
때예요. 대암산에서도 남과 북은 목숨을 건
싸움을 계속하고 있었어요. 그런데 대암산

용늪의 안개가 어찌나
짙은지 한 치 앞도 분간할
수가 없었어요.

"바로 코앞도 안 보이는데 적군을 어떻
게 알아보겠어. 안 그래?"

"그러게 말이야."

두 군인은 뿌연 안개 때문에 잘 보이지 않는 앞을
조심스레 살피며 이야기를 나누었어요. 그런데 그 순
간 두 사람 모두 뭔가 이상한 낌새를 느꼈어요. 두 군인
은 서로를 자세히 바라보았어요.

"앗! 북한군이다!"

"이런! 남한군이잖아."

두 군인은 짙은 안개 때문에 서로를 알아보지 못
하고 자기편인 줄만 알았던 거예요.

이렇게 오랜 세월 동안 이런저런 이야기를
남기면서도 용늪은 세상에 잘 알려지지
않았어요. 그러다가 1966년 학술 조사

단이 이곳을 발견하면서 용늪의 신비가 세상에 비로소 알려지기 시작했어요.

강원도에 있는 비무장 지대를 조사하던 학술 조사단은 대암산 꼭대기에서 놀라운 광경을 보았어요.

"이럴 수가! 이런 곳에 이렇게 멋진 늪이 있다니!"

"이렇게 싱그럽고 신비로운 초록 빛깔은 본 적이 없어요!"

학술 조사단의 연구가들은 너무 놀라 벌어진 입을 다물지 못했어요. 대암산 높은 산꼭대기에 거대한 늪 두 개가 나란히 누워 있었기 때문이에요.

용늪이 세상에 알려지면서 연구가들의 관심도 뜨거워졌어요. 연구가들은 용늪의 이탄층에서 꽃가루를 뽑아내 연구했어요.

"이탄층 속에 남아 있는 꽃가루를 분석하면 용늪의 나이를 알 수 있어요."

"이 지역의 날씨와 기후 변화도 알 수 있고요."

마침내 연구 결과가 나왔어요. 이탄층 밑바닥에서는 식물들의 포자가 잔뜩 발견되었어요. 천 년쯤 된 지층에서는 신갈나무가 나왔어요. 그리고 또 2천 년쯤 된 지층에서는 소나무의 꽃가루가 발견되었지요.

“용늪의 나이는 4천 살이 넘은 게 틀림없어!”

또 연구가들은 용늪에 희귀하고 특수한 식물이 수도 없이 많다는 걸 발견했어요. 벌레를 잡아먹고 사는 식충 식물인 끈끈이주걱이나 벌레잡이주머니가 달린 통발 등 다른 곳에서는 볼 수 없는 희귀한 식물들도 용늪에서는 어렵지 않게 볼 수 있었지요.

세계적으로도 무척 귀하다는 금강초롱, 비로용담, 제비동자꽃, 기생꽃, 구름패랭이 등도 용늪에 살고 있어요. 용늪에는 252종이나 되는 다양한 식물들이 살아서 ‘생태계의 보고’라고 불려요. ‘보고’는 갖가지 보물이 있는 창고라는 뜻이지요.

그런데 이런 용늪이 세상에 알려지면서 용늪은 서서히 망가지기 시작했어요. 1989년에 다시 용늪을 찾은 학술 조사단은 깜짝 놀라고 말았어요.

“세상에나! 용늪 하나가 사라졌어요!”

처음 발견했을 때에는 분명히 50미터 간격으로 나란히 있던 두 용늪 중 작은 것 하나가 사라지고 만 것이었어요. 조사를 해 보니 용늪 주변에 군사 시설이 들어서면서 늪이 조금씩 본래의 모습을 잃어 간 것이라고 해요.

지금 남아 있는 큰 용늪도 서서히 보통 땅으로 변해 가고 있다니

걱정이 아닐 수 없어요.

뒤늦게나마 용늪의 소중한 가치를 깨달은 우리나라 정부에서는 1989년에 이곳을 자연 생태계 보전 지역으로 정했어요. 또 1997년에는 우리나라 처음으로 이곳이 '람사 협약'에 따른 람사 협약 습지 1호로 지정되었어요. '람사 협약'이란 습지를 보호하기 위해서 세계 여러 나라가 맺은 협약이랍니다.

각 나라에 있는 귀중한 습지를 보호하려고 정한 약속이지요. 이 협약은 1971년에 이란의 람사에서 맺어졌기 때문에 이런 이름이 붙었어요.

용늪이 국제적으로도 매우 귀중한 가치를 지니는 곳이라니 참 자랑스럽지요? 하지만 더욱 중요한 것이 있어요. 바로 이렇게 소중한 용늪이 사라지지 않도록 우리가 잘 지켜 내는 일이에요.

대암산 용늪에는 식충 식물이 많이 살고 있어. 식충 식물이 뭐냐고? 바로 벌레를 잡아먹는 식물이지. 식충 식물은 서식지도 드물지만 개체 수도 눈에 띄게 줄어서 희귀 식물로 보호하고 있어. 그럼 식충 식물을 찾아 떠나 볼까?

용늪의 대표적인 식충 식물에는 무엇이 있을까?

바로 끈끈이주걱이야. 끈끈이주걱은 이탄층이 발달되고 햇빛이 잘 비치는 곳을 좋아해. 꽃도 피고 열매도 맺는 녹색 식물이지만 다른 식물들과는 다르게 곤충을 잡아먹지.

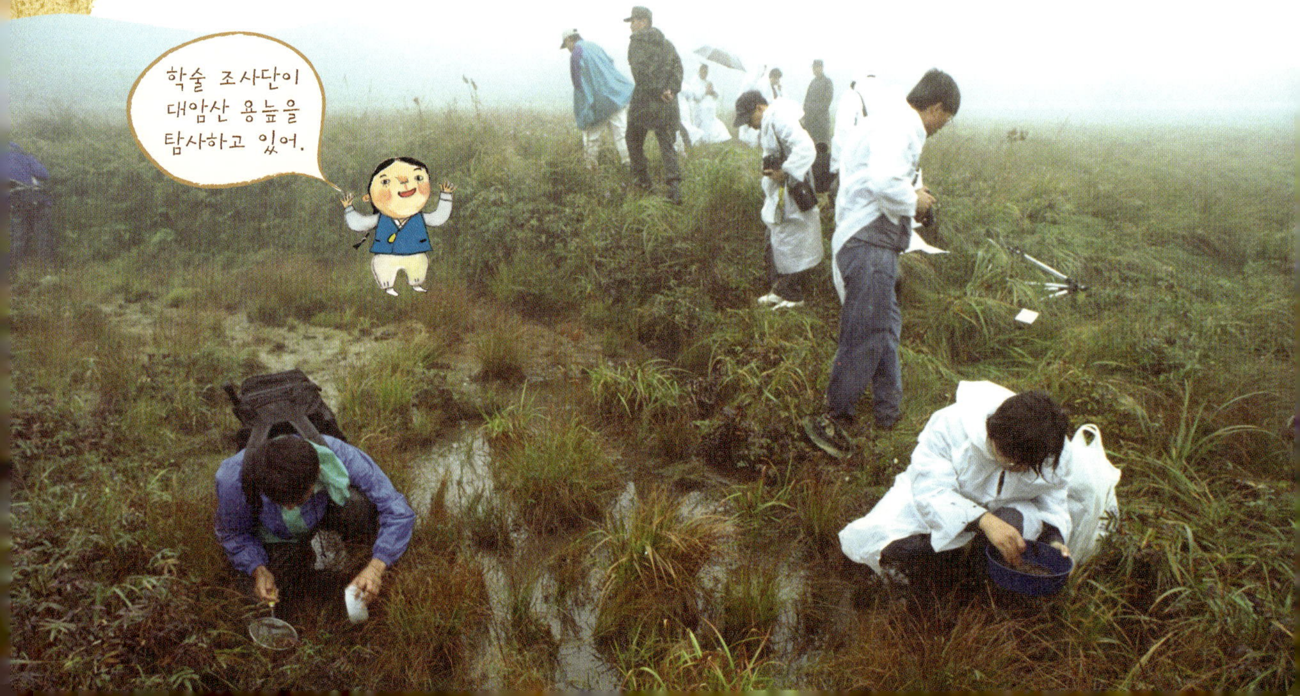

끈끈이주걱은 어떻게 곤충을 잡을까?

끈끈이주걱에는 동그란 잎이 달려 있는데, 그 잎의 가장자리와 잎 안쪽에 털 같은 것이 잔뜩 달려 있어. 이것을 '선모'라고 해. 여기에서 물엿처럼 끈적끈적하고 투명한 점액질이 나오지. 멀리서 끈끈이주걱을 보면 이슬처럼 반짝거리는 액체가 보이는데, 그게 바로 점액질이야. 이 끈끈한 점액질로 벌레를 꼼짝 못하게 해 잡는 거야.

끈끈이주걱은 입이 있을까? 곤충을 어떻게 먹을까?

입은 없어. 하지만 잎의 선모에서 나오는 점액질에는 소화액이 들어 있지. 벌레를 잡은 끈끈이주걱은 소화액을 분비시켜서 벌레를 녹여. 그리고 선모로 양분을 빨아들여 자신에게 필요한 영양분으로 쓰지. 하지만 식충 식물은 광합성도 하기 때문에 벌레를 잡아먹지 않아도 죽지는 않는대.

살아 있는 신비의 동굴
삼척 환선굴

옛날 강원도 삼척의 대이리 마을 촛대 바위 가까이에는 큰 폭포와 아름다운 연못이 있었어요. 마을에는 이 연못에서 어여쁜 처녀가 목욕을 하고 간다는 소문이 돌았지요.

"연못에 아름다운 처녀가 와서 목욕을 한다더구먼."

"뒷마을 박 서방이 봤는데 선녀처럼 예쁘다더군."

"우리도 몰래 훔쳐보러 가세."

마을 사람들은 몰래 연못 뒤에 숨어서 처녀를 지켜보았어요.

"어머나!"

"아이코, 들켰다."

　깜짝 놀란 처녀는 연못 근처 동굴로 달아났어요. 그런데 마을 사람들이 쫓아가자 갑자기 천둥 번개가 치면서 동굴에서 커다란 바위 더미들이 쏟아져 나왔어요. 도망치던 처녀는 온데간데없이 사라져 버렸고요.

　"그 처녀는 선녀였던 게 틀림없어."

　"이 동굴은 선녀가 사람으로 환생했다가 다시 선녀로 돌아간 곳이니 환선굴이라고 합시다."

　그 뒤로 마을 사람들은 선녀가 사라진 동굴을 환선굴이라고 불렀어요. 그리고 마을의 평안을 기원하며 환선굴에 정성스레 제사를 올렸어요.

　또 선녀가 목욕을 하던 촛대 바위 근처 폭포의 물은 마르고, 그 대신 환선굴에서 물이 흘러넘치기 시작했대요. 물이 흘러 넘치는 이곳은 선녀 폭포라고 이름 붙여졌어요.

　환선굴은 신비한 모습처럼 이렇게 신비한 이야기들도 많이 전해 오고 있어요. 환선굴로 가는 길목에는 지금도 커다란 바위가 잔뜩 널려 있답니다.

　우리나라에는 크고 작은 동굴이 천여 개나 있어요. 그중 우리나라에서 가장 큰 동굴이 바로 환선굴이에요. 환선굴은 우리나라뿐만 아니라, 동양에서 가장 큰 석회 동굴이랍니다.

석회 동굴은 석회암과 물이 만나 생겨나요. 석회암으로 이루어진 땅에 빗물이나 지하수가 스며들어 석회암을 조금씩 녹여 동굴을 만들지요.

동굴 중에는 석회 동굴 말고 용암 동굴도 있어요. 용암 동굴은 화산이 폭발하면서 흘러넘친 용암이 그대로 굳어서 만들어진 것이에요. 세월이 흘러도 처음 생긴 모양 그대로 있지요. 용암 동굴은 제주도에서 많이 볼 수 있어요.

재미있는 것은 석회 동굴은 용암 동굴과는 달리 지금도 동굴의 모습이 조금씩 바뀌고 있다는 거예요. 그래서 석회 동굴을 '살아 있는 동굴'이라고도 해요.

그럼 환선굴 안으로 들어가 볼까요?

환선굴은 다른 동굴에 들어갈 때처럼 허리를 구부리거나 몸을 낮추고 다니지 않아도 돼요. 폭이 14미터쯤 되고, 높이도 10미터가 넘는 어마어마하게 큰 동굴이거든요.

환선굴 중앙에는 폭이 40미터나 되는 커다란 광장이 펼쳐져 있어요. 사람이 한꺼번에 수만 명까지 들어갈 수 있는 정도라니 정말 굉장하지요?

환선굴은 석회 동굴이 보여 줄 수 있는 기기묘묘한 여러 가지 모습을 다 갖추고 있답니다. 그래서 동굴 연구가들은 환선굴을 '동굴 백화점'이라고 불러요.

특히 다른 동굴에서는 볼 수 없는 화려하고 기이한 종유석이 무척 많아요. 중앙 광장의 옥좌대를 보면 스님이 가부좌를 틀고 수도를 하는 모습이 떠올라요. 옥좌대는 천장에서 물방울이 수없이 떨어지면서 바닥에 만들어 놓은 동그란 모양의 석순이에요. 모양이 아름다울 뿐만 아니라, 세계적으로도 찾아보기 힘든 희귀한 자

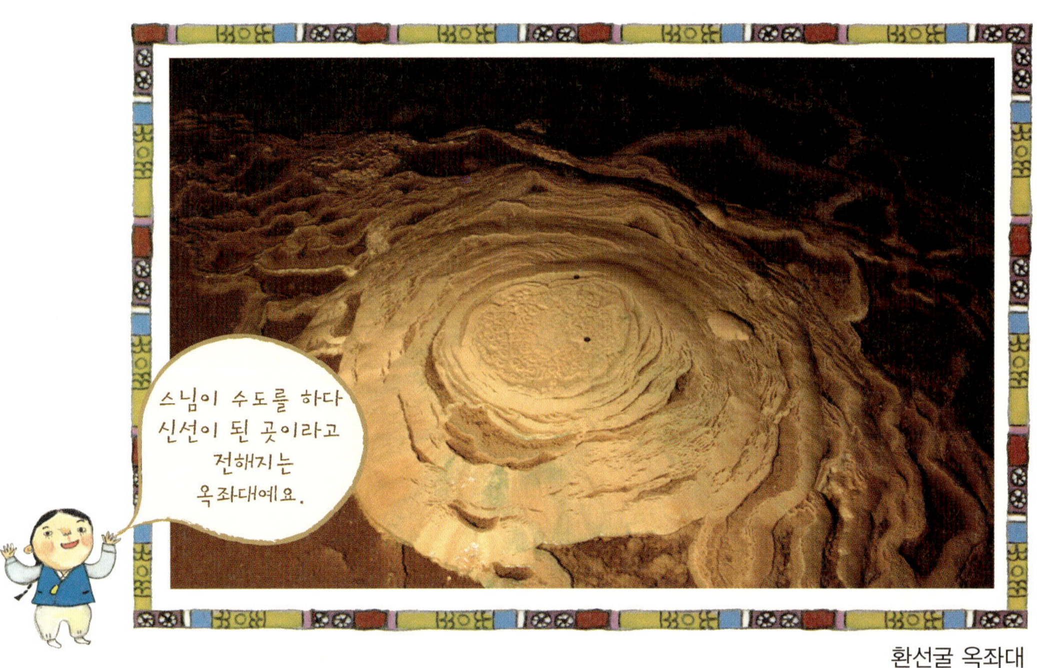

환선굴 옥좌대

연물이지요.

금방이라도 스님이 나타날 것 같은 이곳 옥좌대에도 신비한 전설이 전해 내려와요.

수백 년 전에 한 스님이 수도를 하려고 환선굴 안으로 들어갔어요. 그런데 백 일이 넘도록 스님은 바깥으로 나올 생각을 하지 않았어요.

"스님이 왜 나오시지 않는 걸까요?"

"우리가 들어가서 스님을 찾아봅시다."

걱정이 된 마을 사람들은 스님을 찾으러 환선굴 안으로 들어갔어요. 그런데 아무리 찾아도 스님이 보이지 않았어요. 그 대신 스님의 발자국과 스님이 머물렀던 듯한 온돌 터만 남아 있었어요. 그리고 온돌 터 주변에는 스님과 비슷하게 생긴 종유석이 널려 있었고요.

"스님이 수도를 하다 신선이 되셨나 봐요."

마을 사람들은 스님이 신비한 환선굴 속에서 신선이 되었다고 믿었어요.

스님은 정말 신선이 되었을까요?

그건 환선굴만 아는 비밀일 거예요.

동굴은 한 줄기 빛도 들어오지 않는, 바깥 세상과 닫혀 있는 곳이에요. 하지만 동굴이 더욱 신비로운 건 아무것도 없을 것 같은 깜깜한 이곳에 여러 생명이 살고 있다는 점이에요.

특히 환선굴 같은 석회 동굴에는 특이한 생물이 많아요. 빛이 들어오지 않는 깜깜한 이곳에 사는 생물들은 바깥 세상에서 사는 생물과는 신체 구조부터 다르지요.

그럼 동굴 속에 사는 생물들을 살펴볼까요?

동굴 하면 뭐니 뭐니 해도 박쥐를 빼놓을 수 없겠지요? 환

선굴에도 박쥐가 많이 살아요. 환선굴에 살고 있는
박쥐는 대개 관박쥐와 붉은박쥐예요.

"어휴, 박쥐는 징그러워."

"박쥐는 사람의 피를 빨아먹는 동물이야."

혹시 박쥐를 보면 이런 생각이 드나요? 하지만 이건 잘못된 생
각이에요. 박쥐는 해로운 곤충을 잡아먹는 이로운 동물이랍
니다. 그런데 동굴을 대표하는 박쥐를 이제는 보기가 힘들
어졌어요. 몰래 박쥐를 잡아가는 밀렵꾼 때문이에요.

"동굴 안이 아무리 컴컴해도 박쥐가 어디에

있는지 우리는 훤히 알고 있지."

"박쥐는 아주 값비싼 약재니까 보이는 대로 잡아야 해."

밀렵꾼들은 동굴에 몰래 숨어들어와서 박쥐를 마구 잡아갔어요. 그래서 박쥐의 수가 점점 줄어들었지요.

그런데 문제는 박쥐가 사라지는 것뿐만이 아니었어요. 박쥐가 사라지니 박쥐 덕분에 먹이를 얻는 다른 동굴 생물도 조금씩 줄어들기 시작했지요.

"큰일 났다. 맛있는 박쥐 똥이 사라지고 있어."

"아이고, 배고파라."

밀렵꾼이 박쥐를 잡아가자 등줄굴노래기, 김띠노래기 등은 먹을 것이 없어졌어요. 화석으로도 발견되어 '살아 있는 화석 곤충'으로 불리는 갈로아 곤충과 장님굴새우도 배가 고파졌어요.

이런 생물들은 대개 박쥐의 배설물을 먹고 살아요. 그런데 박쥐가 줄어드니 박쥐의 배설물도 줄어들어 자연스레 동굴에 사는 여러 생물도 함께 사라지게 된 거예요.

연구가들은 동굴이 한 번 망가지면 영원히 원래의 모습으로 되돌릴 수가 없다고 말해요.

환선굴은 우리가 상상할 수도 없을 만큼 오래전부터 서서히 만

환선굴

들어져 왔어요. 동양에서 가장 크고 웅장하다는 이 아름다운 동굴이 언제까지나 자연 그대로의 모습을 간직할 수 있도록 우리 모두 애써야겠어요. 그러다 보면 사라졌던 동굴 생물도 언젠가는 꼭 다시 돌아올 거예요.

깜깜한 동굴 속의 제왕, 박쥐

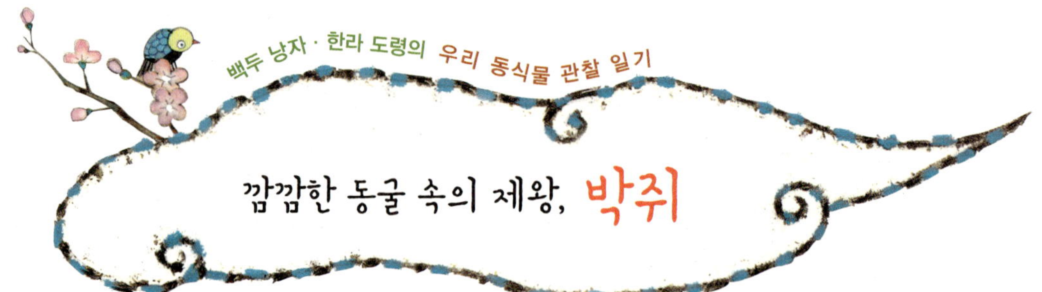

박쥐는 어두운 곳에서 활동하는 야행성 동물이야. 그러다 보니 동굴이나 바위 틈새, 광산의 낡은 터널 같은 곳에서 많이 살지. 동굴의 제왕 박쥐를 만나러 함께 떠나 볼까?

박쥐는 날아다니니까 새일까? 아니면 이름에 쥐가 있으니 쥐일까?

박쥐는 이름만 들으면 쥐와 같은 종류의 동물 같지만 전혀 달라. 날아다니지만 조류도 아니지. 박쥐는 날아다닐 수 있는 유일한 포유동물이야. 박쥐가 나는 건 앞다리가 날개로 진화했기 때문이야. 날개 뼈를 살펴보면 사람의 손가락처럼 다섯 개의 뼈가 있어. 그러니까 손가락마다 막이 생기면서 날개가 된 거지.

박쥐는 어둠을 좋아하는 흡혈귀일까?

박쥐는 어두운 곳에 사는 데다가 밤에만 활동해. 하지만 피를 빨아 먹는 박쥐는 몇몇 종류일 뿐이야. 대부분의 박쥐는 과일이나 꽃꿀, 꽃가루 등을 먹거나 나방과 같은 해로운 곤충을 잡아먹는다고 해.

 ## 박쥐도 새나 다른 동물처럼 소리를 낼까?

박쥐는 소리를 내지 않고 초음파를 사용해. 앞이 잘 보이지 않는 어둠 속에서 박쥐가 아주 작은 나방을 잡을 수 있는 것은 모두 초음파 덕분이야. 초음파는 사람이 들을 수 없는 주파수의 음파지. 박쥐는 눈도 작고 시력도 나쁘지만 초음파 덕분에 걱정이 없어. 입이나 코로 초음파를 쏜 뒤 되돌아오는 신호로 다른 무리와 의사소통할 수 있대.

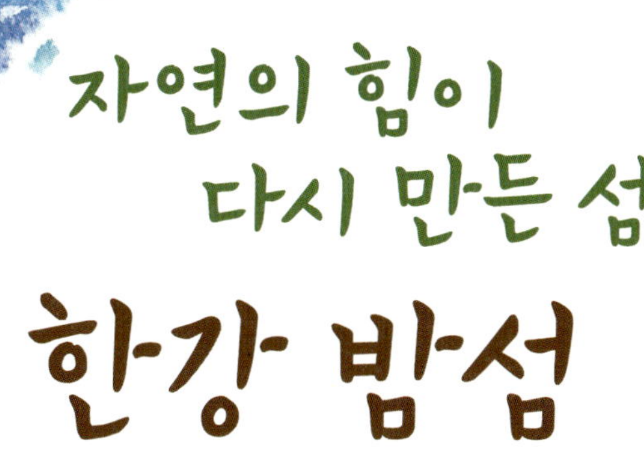

자연의 힘이
다시 만든 섬
한강 밤섬

1968년 2월, 매서운 겨울바람이 채 가시지 않은 어느 날이었어요. 한강에 있는 작고 아름다운 섬에 살던 사람들이 이사를 가고 있었지요.

"흑흑. 정들었던 고향을 두고 떠나야 하다니……."

마을 사람들은 차마 발걸음이 떨어지지 않아 가던 길을 멈추고 자꾸만 섬을 뒤돌아보았지요.

섬은 고기를 잡던 배며 약초를 키우던 언덕도 다 그대로였어요. 하얀 모래밭도 여전히 반짝거리며 빛났어요.

하지만 이제 더는 이 섬에 살 수 없어요. 섬이 사라지게 되었거

든요. 그 대신 나라에서는 이 섬에 살던 주민들에게

새로 살 집을 마련해 주었어요. 하지만 섬마을

사람들은 서글프기만 했어요.

"아빠, 왜 섬을 없애려는 거예요?"

철수가 아빠에게 물었어요.

"한강을 개발하려고 그런단다. 우리가 살던 이 섬을 없애고

여의도라는 새로운 섬을 만든다는구나."

아빠의 표정과 목소리는 무척 어둡고 무거웠어요.

철수네 식구를 비롯해 섬마을 사람들이 모두 떠나자, 섬에는

낯선 사람들이 들어왔어요.

"자, 이제 작업을 시작합시다."

낯선 사람들은 섬 이곳저곳에 폭발물을 설치했어요.

"쾅쾅쾅쾅!"

"우르르르!"

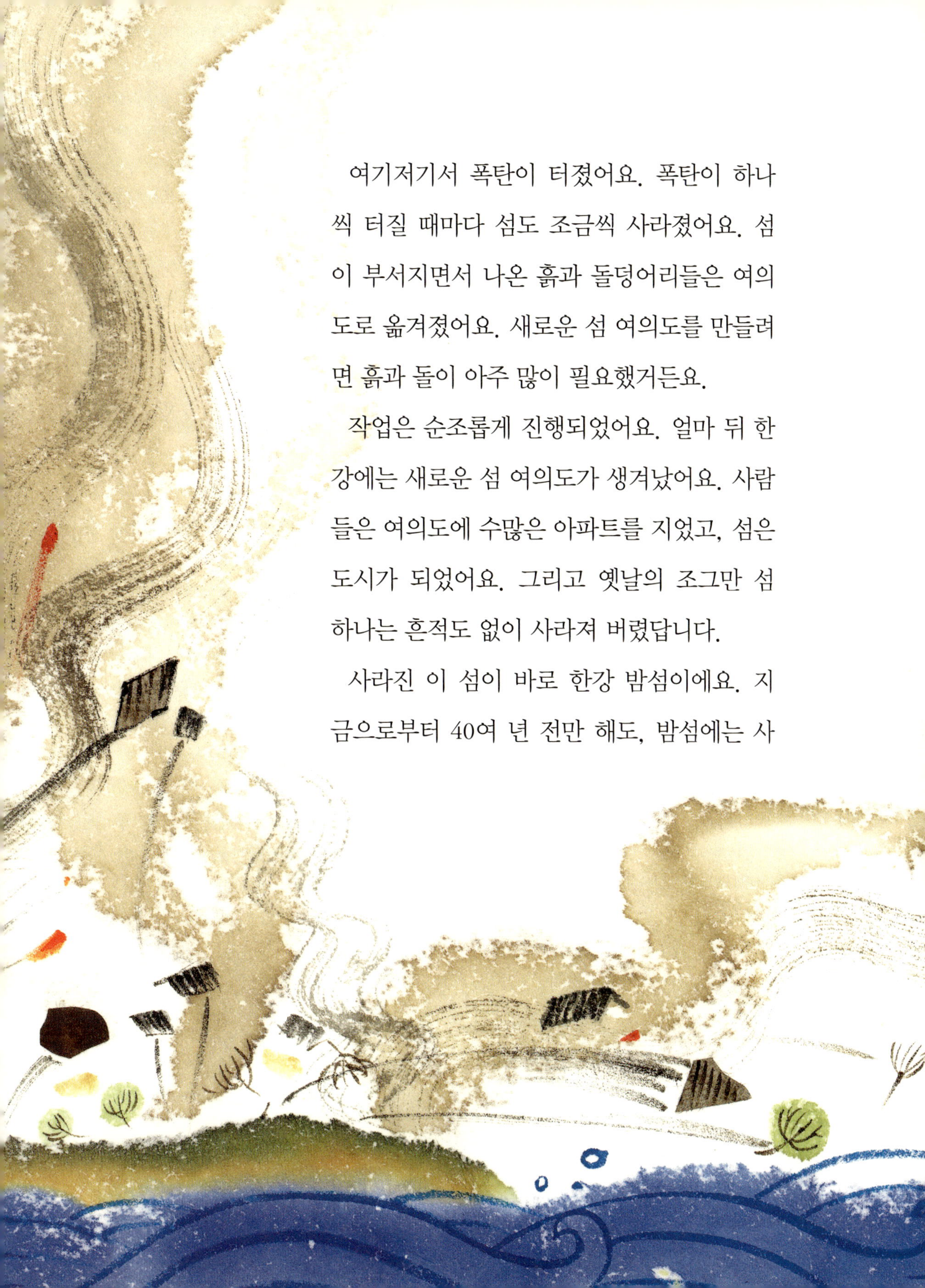

여기저기서 폭탄이 터졌어요. 폭탄이 하나씩 터질 때마다 섬도 조금씩 사라졌어요. 섬이 부서지면서 나온 흙과 돌덩어리들은 여의도로 옮겨졌어요. 새로운 섬 여의도를 만들려면 흙과 돌이 아주 많이 필요했거든요.

작업은 순조롭게 진행되었어요. 얼마 뒤 한강에는 새로운 섬 여의도가 생겨났어요. 사람들은 여의도에 수많은 아파트를 지었고, 섬은 도시가 되었어요. 그리고 옛날의 조그만 섬 하나는 흔적도 없이 사라져 버렸답니다.

사라진 이 섬이 바로 한강 밤섬이에요. 지금으로부터 40여 년 전만 해도, 밤섬에는 사람이 사는 마을이 있었어요. 그때는 한강 물이 어찌나 깨끗하고 맑았던지 그대로 떠서 밥을 지어 먹어도 될 정도였어요. 하얀 백사장에는 쓰레기 하나 없었답니다. 하지만 한강을 개발하기 시작하면서 아름다운 밤섬은 사라졌지요.

하지만 밤섬은 완전히 사라진 게 아니었어요. 사람들은 밤섬을 없애 버렸지만 자연은 밤섬을 다시 멋지게 만들었거든요. 이게 무슨 말이냐고요?

사람들이 폭발물을 터뜨려 밤섬의 윗부분은 사라졌지만 물속에 있던 암반층은 그대로 남아 있었어요. 그런데 세월이 흐르면서 강물에 떠밀려 온 흙과 모래들이 이곳에 조금씩 쌓였어요. 아주 천천히 일어난 일이어서 눈에 보이지는 않았지요. 그러는 사이 20여 년이라는 세월이 흘렀어요. 한강 밤섬은 어느새 예전의 모습처럼 훌륭하게 다시 태어났답니다.

없어진 섬이 다시 생겨나다니 정말 신기하지요? 그게 바로 자연의 위대한 힘이에요.

오늘날 밤섬은 여의도 북쪽 마포 대교와 서강 대교 사이에 있는 두 개의 섬을 가리켜요. 원래는 큰 섬 하나였지만 섬을 폭파하다 보니 두 개로 나뉘게 되었지요. 밤섬을 없애는 공사를 할 때 섬 가

운데 부분을 집중적으로 파헤쳐 윗밤섬과 아랫밤섬으로 나누어지게 된 거예요.

'밤섬'은 말 그대로 섬이 밤처럼 생겼다고 해서 붙은 이름이에요. 높이도 3미터에서 5미터 정도로 나지막하고 정겨운 언덕 모양으로 떠 있어요.

밤섬의 크기는 얼마나 될까요? 연구가들의 말에 따르면 약 8만여 평에 이른다고 해요. 그런데 홍수가 날 때마다 흙과 모래가 쌓여서 지금도 크기가 커지고 있다고 해요. 작은 모래 알갱이들이 모여서 이렇게 넓은 땅이 되다니 자연의 힘은 참 대단하지요?

하지만 밤섬이 유명해진 것은 무엇보다도 이곳에 새로운 주인이 생겼기 때문이에요.

바로 밤섬에 터를 잡고 살기 시작한 새로운 생명들이랍니다. 고운 흙이 쌓이자 밤섬에는 나무와 풀이 자라나기 시작했어요. 갯버들과 용버들이 자라나고 찔레, 갈대, 물억새 등 108여 종류의 식물이 자리를 잡았어요.

"야, 여기 조용하고 참 좋다."

"먹이 걱정할 필요가 없겠는걸."

"여기서 알을 낳고 새끼들을 키워야겠어."

　풀이 자라자 새들도 알을 낳을 수 있는 곳을 찾아 밤섬으로 날아
들었어요.

　도시 안에서 사람의 손길이 닿지 않는 곳은 찾기 어려울 거예
요. 하지만 밤섬에는 오가는 사람이 전혀 없답니다. 사람의 그림
자조차 찾을 수 없으니 밤섬이야말로 새들에게는 천국이나 다름
없어요.

　지금 밤섬에는 아주 많은 새가 살고 있어요. 700킬로미터나 멀리
떨어진 시베리아에서 날아온 철새도 쉬었다 간답니다. 밤섬에 가
면 흰뺨검둥오리, 청둥오리 같은 철새들도 많이 볼 수 있어요. 육
지에서 날아온 꿩도 이곳에 자리를 잡고 사는 텃새가 되었답니다.

　"도시에 이런 훌륭한 생태지가 있다니 정말 놀라워요."

　"철새가 도심 속으로 찾아오는 것은 보기 드문 일이에요!"

　우리나라뿐만 아니라 다른 나라에서도 밤섬에 관심을 가지고 있
어요. 온통 콘크리트로 둘러싸인 도시 한가운데에 철새가 깃드는

일은 정말 드물기 때문이지요.

밤섬에는 갯벌과 모래, 자갈이 고르게 발달되어 있어요. 또 갈대가 우거지고 물풀이 가득해 잉어, 붕어, 쏘가리, 뱀장어가 아무 걱정 없이 알을 낳고 잘 살 수 있답니다.

그런데 밤섬이 지금처럼 아름다운 모습을 갖추게 된 데에는 뜻있는 사람들의 노력도 있었어요.

1988년, 한 기업에서는 밤섬에 5만여 포기의 식물을 가져다 심었어요. 그 덕분에 밤섬에 더 울창한 숲이 만들어질 수 있었지요.

한편 1999년 서울특별시에서는 밤섬을 자연 생태계 보전 지역으로 정했어요. '자연 생태계 보전 지역'은 자연 본래의 모습을 그대로 간직한 산과 숲, 갖가지 식물이 자라는 지역, 사라져 가는 동식물들이 사는 지역 등 중요한 자연환경을 보호하기 위해 정한 곳이지요.

사람들이 더는 밤섬에 드나들지 못하게 되었어요. 그 대신 한강 시민 공원 여의도 지구에 철새 조망대가 세워졌어요. 밤섬에는 들어갈 수 없지만 밤섬의 아름다운 모습은 바라볼 수 있게 한 거예요. 이곳에 가면 철새들이 한꺼번에 날아오르는 멋진 광경을 볼 수 있어요. 지금 밤섬은 철새가 5천여 마리나 날아오는 도심 속

한강 밤섬 철새 조망대

철새 도래지의 역할을 톡톡히 해내고 있지요.

사람이 버린 섬이었지만 자연은 이곳을 다시 멋진 생명의 땅으로 살려 놓았어요. 이제 남은 건 우리가 이 섬을 소중하게 지키고 가꾸는 일이에요.

한강 변을 지날 때면 꼭 밤섬으로 눈길을 돌려 보세요. 아름다운 밤섬이 여러분에게 손을 흔드는 모습이 보일 거예요.

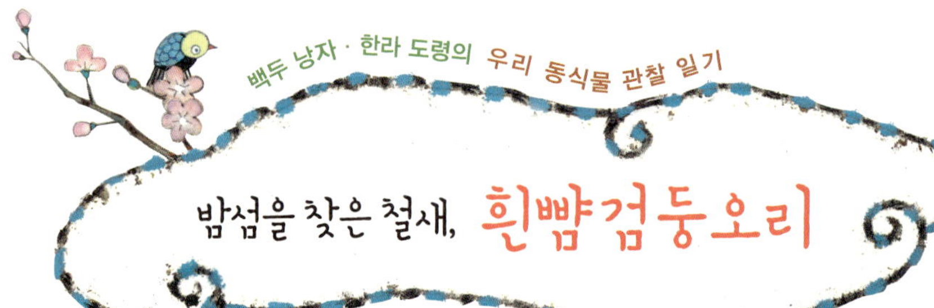

밤섬을 찾은 철새, 흰뺨검둥오리

한강 밤섬에는 수많은 겨울 철새들이 날아와 겨울을 난대. 겨울 철새들은 해마다 10월부터 1월까지 북쪽의 추운 날씨를 피해 한반도로 날아오지. 한반도는 세계적으로 철새들이 많이 찾아드는 곳이야. 그럼 밤섬에서 가장 쉽게 볼 수 있는 겨울 철새, 흰뺨검둥오리를 만나 볼까?

흰뺨검둥오리는 어떻게 생겼을까?

이름처럼 얼굴은 흰색이고 몸은 암갈색이야. 부리 끝은 노란색이라서 쉽게 알아볼 수 있지. 하지만 흔하게 볼 수 있어서 그냥 지나치기 쉬운 새이기도 해.

재미있는 것은 겨울 철새인 흰뺨검둥오리 중에는 아예 우리나라에서 둥지를 틀고 새끼를 키우는 녀석들이 제법 많다는 거야. 그래서 흰뺨검둥오리를 철새이기도 하면서 텃새인 새라고 부르지.

맞아. 다른 겨울 철새들은 봄이 되면 북쪽으로 돌아가 버리니 여름에는 볼 수 없지만, 텃새가 된 흰뺨검둥오리는 여름에도 쉽게 찾아볼 수 있어.

지금도 한강 밤섬에는 텃새인 흰뺨검둥오리들이 자리를 잡고 살아가고 있대. 그런데 가을철이 되면 북쪽에서 살던 흰뺨검둥오리 무리가 더 내려와. 그럼 밤섬의 텃새인 흰뺨검둥오리들과 함께 겨울을 나지. 그래서 겨울에는 흰뺨검둥오리 수가 갑자기 많아진다고 해. 이런 이유로 흰뺨검둥오리는 밤섬에서 가장 흔한 새가 되었지.

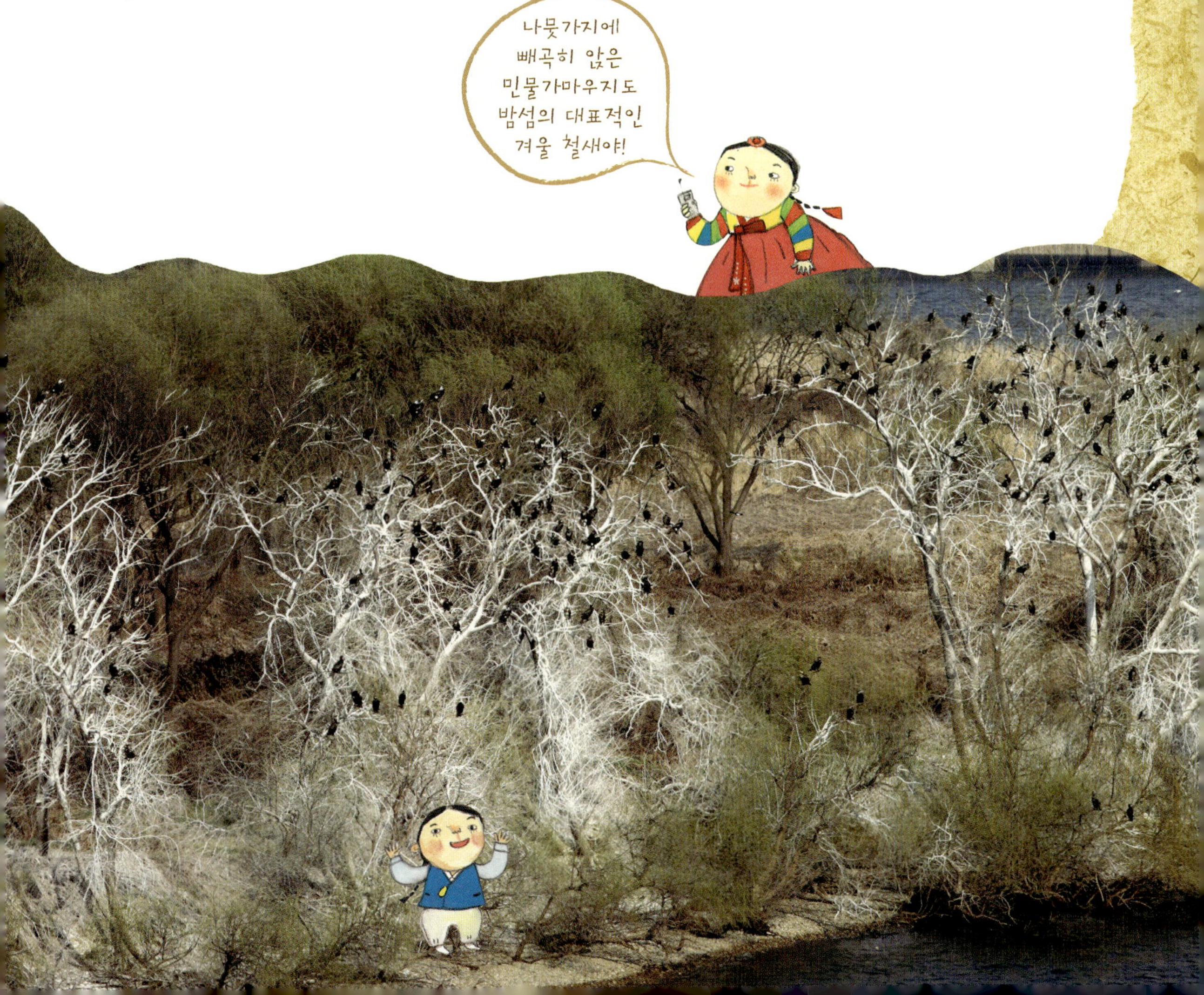

멸종 위기 생물을 지키는 모래 언덕
신두리 해안사구

“와! 사막이다!”

아이들이 소리를 지르며 창가로 모여들었어요. 자동차는 한창 해안가를 달리고 있었어요. 차창 밖으로는 넓고 하얀 모래밭이 끝없이 펼쳐져 있었지요.

“바닷가에도 사막이 있었네.”

“저기에 전갈도 살겠지?”

아이들은 신기한 듯 모래 언덕을 바라보았어요.

사막이라니, 다른 나라 이야기 같다고요? 아니에요. 우리나라의 이야기랍니다. 좀 더 자세히 말하면 충청남도 태안군 신두리에 있는 모래 언덕 이야기예요.

신두리의 모래 언덕은 사막처럼 생기기는 했지만 사막은 아니에요. 신두리 해안 같은 모래 언덕을 '해안사구'라고 불러요. 모래가 쌓인 언덕이라는 뜻이지요.

신두리 해안사구는 해안가에 자리 잡은, 엄청나게 넓은 모래 언덕이에요. 넓이가 80만 평이나 되지요. 폭은 500미터에서 천 미터쯤 되는데, 이런 넓은 모래 해안이 약 3킬로미터나 펼쳐져 있어요. 이렇게 어마어마한 땅이 모두 모래로 채워져 있다니 정말 굉장하지요?

그런데 이 많은 모래는 대체 어디서 온 것일까요? 이 궁금증을 풀려면 먼저 신두리 해안사구가 어떻게 해서 생겨났는지 알아야 해요. 연구가들의 말에 따르면 신두리 해안사구는 지구의 온도가 매우 낮았던 빙하기가 끝나고 약 1만 5천 년 전부터 서서히 만들어지기 시작했다고 해요.

그럼, 신두리 해안사구가 맨 처음 만들어질 때로 거슬러 올라가 볼까요?

우선 작은 모래 알갱이들이 바닷물에 실려 이곳 해안으로 밀려 올라왔어요.

"철썩철썩, 쏴아아."

실려 온 모래 알갱이는 다시 파도에 밀려서 위로 위로 조금씩 올라갔지요.

"휘이이잉."

이때 북서쪽에서 강한 바람이 불어왔어요. 중국에서 불어오는 이 북서풍은 무척 거센 바람이지요.

"모래 알갱이쯤이야 나한테는 못 당할걸."

북서풍은 있는 힘껏 불면서 모래 알갱이를 더 멀찍이 옮겨 쌓아 두었답니다. 모래 알갱이는 한자리에 쌓이고 또 쌓이면서 작은 언덕을 만들어 갔어요.

1만 5천 년 동안 이런 일이 끊이지 않고 계속되었지요. 이렇게 한 줌 한 줌의 모래가 쌓여서 마침내 신두리 해안사구가 만들어졌답니다.

신두리 해안사구가 소중한 건 단지 보기 좋은 해안의 모래 언덕이기 때문만은 아니에요. 해안사구는 무척 중요한 일을 하지요.

해안사구는 갑작스럽게 거친 폭풍이나 해일이 몰아닥칠 때 파도를 막아 줘요. 만약 사구가 없다면 큰 해일이 닥쳤을 때 재난을 피하기 힘들 거예요.

그뿐만이 아니에요. 해안사구는 그냥 모래밭 같지만 해안가에 사는 사람들이 마시는 물을 저장해 주지요. 그래서 만일 해안사구가 사라지면 지하수가 줄어들어 마실 물이 부족하게 된다고 해요.

해안사구는 다양한 해안 생물들이 살아가는 터전이기도 해요. 멸종 위기에 처한 수많은 생물이 이곳에 몸을 숨기고 산답니다.

하지만 이렇게 소중한 신두리 해안사구가 자꾸만 예전의 모습을 잃어 가고 있어요. 사람들이 하루가 멀다 하고 신두리 해안사구 주변에 집과 여러 가지 시설을 짓고 있거든요.

"이대로 놔두어선 안 됩니다."

"우리가 나서지 않으면 영원히 신두리 해안사구를 잃게 될지도 몰라요."

보다 못한 사람들이 신두리 해안사구를 지키자고 일어났어요. 이곳에 오랫동안 살아온 주민과 환경 단체, 학생들이었지요. 이들은 신두리 해안사구를 살피고 돌아보면서 소중한 생태지를 지켜 내려고 애쓰고 있어요.

"쯧쯧쯧. 해당화가 소나무 숲까지 밀려왔네."

"사구 안에 해당화 대신 달맞이꽃이 피어 있어."

학생들은 가엾은 듯 해당화를 쓰다듬었어요. 원래 해당화는 사구에서 자라는 우리나라 토종 식물이에요. 하지만 지금 사구에는 달맞이꽃이나 미국자리공 같은 외국에서 들어온 외래 식물이 무성하게 자라고 있어요.

"개발을 하느라 다른 곳에서 흙을 가지고 와서 그래요. 흙에 묻어온 외래종 씨앗이 퍼진 거지요. 그대로 놔두면 토종 식물은 곧 사라지게 될 거예요."

주민들과 학생들은 외래 식물들을 뽑아내는 작업을 했어요. 이렇게라도 해야 사구가 온통 외래 식물로 뒤덮이는 일을 막을 수 있으니까요.

학생들은 이곳에 살고 있는 동물도 찾아보기로 했어요. 언뜻 보기에는 생명의 기운이 전혀 느껴지지 않는 곳이지만, 이곳에는 셀 수 없이 많은 생명이 살고 있거든요.

종달새와 꿩, 천연기념물 황조롱이도 이곳에 살지요. 참뜰길앞잡이, 개미귀신 같은 곤충은 아예 사구에서 태어나서 사구에서 죽는답니다.

신두리 해안사구에는 멸종 위기에 놓인 금개구리와 장지뱀도 살아요. 하지만 금개구리나 장지뱀을 찾기란 쉬운 일이 아니에요. 사는 곳이 더러워지거나 환경이 파괴되면 금세 사라지고 마는 게 이런 멸종 위기 동물의 특징이거든요.

신두리 해안사구에 사는 또 다른 식구는 쇠똥구리예요. 쇠똥구리도 하루가 다르게 줄어들고 있어요. 그래서 몇몇 뜻있는 사람들이 쇠똥구리를 살려 내기 위해 앞장서고 있답니다.

"쇠똥구리는 우리 토종 소의 똥이 아니면 절대로 먹지 않아요."

"쇠똥구리는 토종 소의 똥에만 알을 낳으니 꼭 우리나라 소가 있어야 해요."

사람들은 쇠똥구리가 마음껏 먹이를 먹고 알을 낳을 수 있도록 이곳에 토종 소 몇 마리를 놓아 기르기로 했어요. 그렇게 하면 쇠똥구리의 수도 늘어날 테니까요.

하지만 이런 사람들의 노력에도 불구하고 신두리 해안사구의 운명은 아직 불안하답니다. 2001년 이곳이 천연기념물 제431호로 지정되기는 했지만 3분의 1 정도만 정부의 땅일 뿐이고 나머지 땅은 개인이 주인이거든요.

"천연기념물이고 뭐고 내 땅이니 내 마음대로 할거요."

"신두리 해안사구는 소중히 보존할 때 가치가 있는 것입니다."

사람들은 서로 의견이 달라 팽팽하게 맞서고 있어요. 하지만 그러는 사이에도 신두리 해안사구에는 여전히 모래 알갱이들이 날아와 조금씩 쌓여 가고 있답니다.

신두리 해안사구의 앞날은 어떻게 될까요? 1억 5천만 년 뒤에도 지금처럼 멋진 신두리 해안사구의 모습을 간직할 수 있으면 참 좋겠어요.

신두리 해안사구의 환경 지킴이, 쇠똥구리

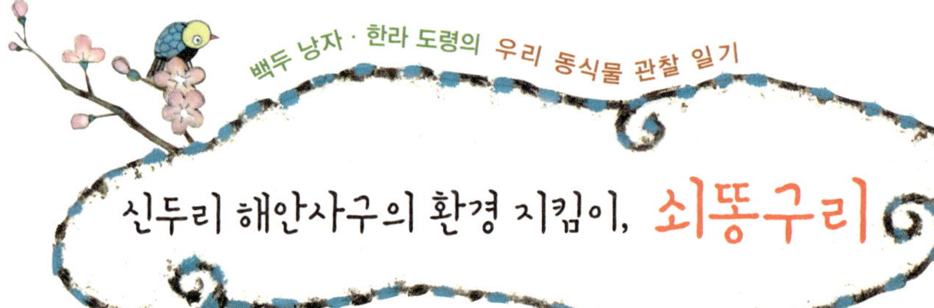

신두리 해안사구에는 이제는 거의 볼 수 없는 희귀 곤충이 산대. 바로 쇠똥구리야. 소나 말의 똥을 먹고, 거기에 알도 낳기 때문에 쇠똥벌레 또는 말똥구리라고 불려. 그럼 쇠똥구리를 관찰하러 신두리 해안사구로 가 볼까?

쇠똥구리가 점점 사라져 간다는데 왜 그런 걸까?

수년 전만 해도 목장에 가면 소똥을 굴리며 가는 쇠똥구리를 흔하게 볼 수 있었대. 하지만 목장에서 농약을 쓰면서 쇠똥구리는 점점 줄어들었어. 게다가

소와 말이 먹는 사료에는 항생제가 들어가 똥에도 나쁜 영향을 줘. 쇠똥구리는 오염되지 않은 소와 말의 똥이 있어야만 살 수 있는데 말이야. 우리나라에 사는 쇠똥구리는 모두 60종이 넘었는데, 지금은 19종만 발견되고 있어.

 **쇠똥구리가 똥을 빚어 굴리는 재미난 모습을 관찰해 보자!**

쇠똥구리는 우선 똥을 적당한 크기로 잘라 내. 그러고는 넓적한 앞다리로 똥을 모양새 있게 두드리지. 그런 다음, 물구나무서서 뒷다리로 똥을 굴려 집에 가져가. 그러면 똥이 굴러 가면서 저절로 경단처럼 동그랗게 빚어지지.

쇠똥구리가 똥을 경단처럼 빚는 이유는 앞으로 태어날 애벌레를 위해서야. 쇠똥구리 암컷과 수컷은 보금자리에 똥을 가져온 다음 짝짓기를 하고, 똥 속에 알을 낳아. 알에서 깨어난 애벌레는 그 똥을 먹으며 자라지.

쇠똥구리가 똥을 굴리는 행동은 환경에도 좋아. 똥에 파리가 생기지 않게 막아 주고, 땅에다 똥을 바르니 흙이 기름지게 되거든. 쇠똥구리가 만든 똥이 섞인 흙에서는 식물이 잘 자라지. 그래서 쇠똥구리는 환경 지킴이라는 별명이 있단다.

원시의 모습을 그대로 간직한 습지 창녕 우포늪

‘대자연의 신비’, ‘살아 있는 자연사 박물관’, ‘가장 오래된 원시의 자연 습지’ 등 우포늪을 표현하는 말은 셀 수 없을 만큼 많아요. 이 말들만으로도 우포늪의 가치가 얼마나 대단한지 짐작해 볼 수 있겠지요?

이렇게 중요한 가치를 인정받고 있는 우포늪은 언제 생겨났을까요? 우포늪이 언제 생겨났는지에 대해서는 다음 두 가지 의견이 있어요.

“1억 4천만 년 전에 만들어졌습니다. 우포늪 주변에서 1억 2천만 년 전에 살았던 공룡의 발자국이 발견되었거든요.”

“우포늪은 빙하가 녹으면서 만들어진 것입니다. 그러니까 대략 6천만 년 전에 생겼어요.”

많은 연구가들이 이 두 가지 의견 중 빙하가 녹으면서 만들어졌다는 의견에 힘을 실어 주고 있어요.

빙하와 우포늪은 어떤 관계가 있을까요?

지구를 꽁꽁 얼어붙게 한 빙하기가 막 끝나 갈 무렵이었어요. 지구의 기온은 점점 올라가 날씨가 따뜻해졌어요.

“쿠르르릉!”

“쏴아아!”

빙하가 녹자 세상의 모든 물이 바다로 모여들어 바닷물이 어마어마하게 불어났어요.

“더는 갈 곳이 없잖아.”

우리나라 낙동강에서 흘러내린 물은 이제 더는 바다로 들어갈 수 없었어요. 낙동강의 물은 점점 불어나 육지로 넘치고 말았지요.

그때 낙동강 주변에는 낙동강으로 흘러드는 토평천이라는 작은 하천이 있었어요. 낙동강이 넘치자 물은 토평천으로 흘러갔고, 흙도 함께 떠내려갔어요. 하지만 모래와 흙은 물처럼 다 흘러가지 못하고 주변에 쌓여서 작은 둑을 만들었어요.

물이 넘치고 빠지기를 여러 차례 반복하자 모래와 흙은 차곡차곡 쌓였지요. 그렇게 해서 둑이 커지고 그 안은 오목한 그릇 모양이 되었어요. 그러자 안에 고였던 물은 빠져나가지 못하고 갇혀서 큰 호수가 되었어요. 이것이 지금의 우포늪이랍니다.

우포늪은 우리나라에서 가장 오래되고 가장 커다란 늪지예요. 어찌나 넓은지 그 끝을 알 수 없을 정도랍니다. 망원경으로 보면 되지 않느냐고요? 망원경으로도 한눈에 볼 수 없어요. 우포늪의 크기는 어림잡아 70만 평이나 되거든요.

그런데 더욱 신기한 것은 이렇게 넓고 거대한 우포늪이 단 한 번도 썩은 적이 없다는 거예요. 바로 스스로를 깨끗하게 만드는 늪의 놀라운 능력 때문이지요.

우포늪 덕분에 이곳에 사는 사람들은 홍수 걱정도 덜었어요.

"늪은 자연 댐의 역할을 합니다. 장마철이나 홍수 때에는 습지 속에 물을 가두어 두지요. 그리고 비가 내리지 않고 가뭄이 들었을 때 조금씩 주변으로 흘려보낸답니다."

그래서 연구가들은 우포늪을 '자연이 만든 낙동강의 녹색 댐'이라고 부르기도 해요.

우포늪은 모두 네 개의 늪으로 이루어져 있어요. 그중에서 가장

큰 것이 '우포'예요. '목포', '사지포', '쪽지벌'은 작은 늪이지요.

이 네 개의 늪 사이에는 우항산이라는 커다란 산이 있어요.

"하늘에서 내려다보면 꼭 소가 물을 먹는 모양이에요."

마을 사람들은 이 산이 소가 목을 쑥 빼고 늪의 물을 먹는 것처럼 생겼다고 해서 산 이름을 '우항산'이라고 지었답니다.

　우포라는 이름도 소와 관련이 있어요. 우포늪은 원래 '소벌'이라고 불렀대요.

　"소들이 물을 마시는 벌이니까 소벌이라고 부른다오."

　"옛날에는 여기서 소에게 풀을 먹여 키웠어요. 그래서 여기를 소벌이라고 하지요."

　하지만 일제 강점기에 일본은 우리나라 사람들에게 한글을 쓰지 못하게 했어요.

　"소벌은 한글이니 안 된다. 소벌을 한자로 하면 '우포'다. 우포라고 쓰도록!"

　이렇게 해서 지금의 우포늪이 되었답니다. 하지만 이곳에 사는 사람들은 지금도 우포보다는 소벌이라는 이름을 더 많이 써요.

　우포늪 주변에서는 사람도 자연의 일부처럼 보여요. 우포늪에는

그런 의미를 품은 듯한 전설도 하나 전해 오지요.

옛날 우포늪의 깊은 바닥에 아주 커다란 물고기가 살았어요. 한눈에 보아도 예사롭게 보이지 않는 신비한 물고기였지요.

"이곳에는 100살도 넘은 잉어가 산답니다."

이 잉어는 보통 잉어와는 비늘부터 다른 모습이었어요. 잉어의 몸에는 반짝반짝 아름답게 빛나는 비늘이 돋아 있었지요.

"이 잉어는 우포늪에 있는 모든 것을 다 알아요."

"늪의 가장 깊은 바닥에 숨어 살기 때문에 사람들의 눈에 띄는 법이 없지요."

어부들은 이 잉어가 우포늪의 모든 것을 다스린다고 믿었어요.

"만일 이 잉어가 죽거나 다치는 날에는 나라에 큰 어려움이 닥칠 거예요."

그래서 우포늪 주변에 사는 사람들은 늪에 들어갈 때 늘 조심하고 또 조심했다고 해요. 혹시라도 잉어를 다치게 해서 나라에 어려움이 닥치면 큰일이니까요.

우포늪은 이런 신비한 이야기뿐만 아니라 수많은 생명체들로 가득 차 있어요. 우포늪과 주변의 식물 수는 430여 종이 넘어요.

늪가에는 갈대, 줄, 창포, 애기부들 등이 자라고, 물 위에는 개구리밥, 마름, 어리연, 가시연 등이 자라요. 특히 가시연은 멸종 위기의 식물이라서 더 반갑고 애틋하지요. 게다가 왕버들, 자운영, 물옥잠 군락까지……. 이곳에서 자라는 식물의 종류가 우리나라 전체 식물의 10분의 1이나 된다고 하니 정말 엄청나지요?

그뿐만이 아니에요. 우포늪에는 '물 반, 고기 반'이라고 할 만큼 물고기가 많아요. 물풀이 많고 뻘이 잘 갖추어져 있거든요. 여간해서 볼 수 없는 긴꼬리투구새우도 이곳에서는 만날 수 있어요.

우포늪은 계절에 따라 여름 철새와 겨울 철새가 끊임없이 찾아와요. 도롱뇽이나 남생이처럼 그림책에나 나올 듯한 동물도 이곳에 터를 잡고 살지요.

하지만 우포늪이 이렇게 굉장한 곳이라는 걸 사람들이 깨닫게

된 것은 그리 오래되지 않았어요.

　우포늪은 1997년이 되어서야 비로소 자연 생태계 보전 지역으로 정해졌어요. 1998년 3월에는 람사 협약 습지로 등록되면서 사람들은 이곳이 소중한 곳이라는 걸 점차 깨닫게 되었답니다.

　하지만 이렇게 우포늪이 유명해지자 우포늪이 조금씩 신음하는 소리가 들리기 시작했어요. 사람의 발길 때문이었지요. 늪 주변에 도로가 만들어지고 사람들이 버린 쓰레기가 흘러들면서 늪은 자꾸만 줄어들고 있어요. 연구가들은 어쩌면 수백 년 뒤에는 우포늪

이 완전히 사라질지도 모른다고 경고하고 있어요.

　습지는 지구에서 가장 중요한 생태지 중 하나예요. 습지에는 새와 물고기, 곤충, 식물 등 모든 생명체가 모여 사니까요.

　아직까지 우포늪은 원시의 모습을 그대로 간직한 최고의 습지예요. 이 멋진 습지가 사라지지 않도록 우리가 나서서 우포늪을 보호해야겠어요.

　우리도 우포늪처럼 자연의 일부이니까요.

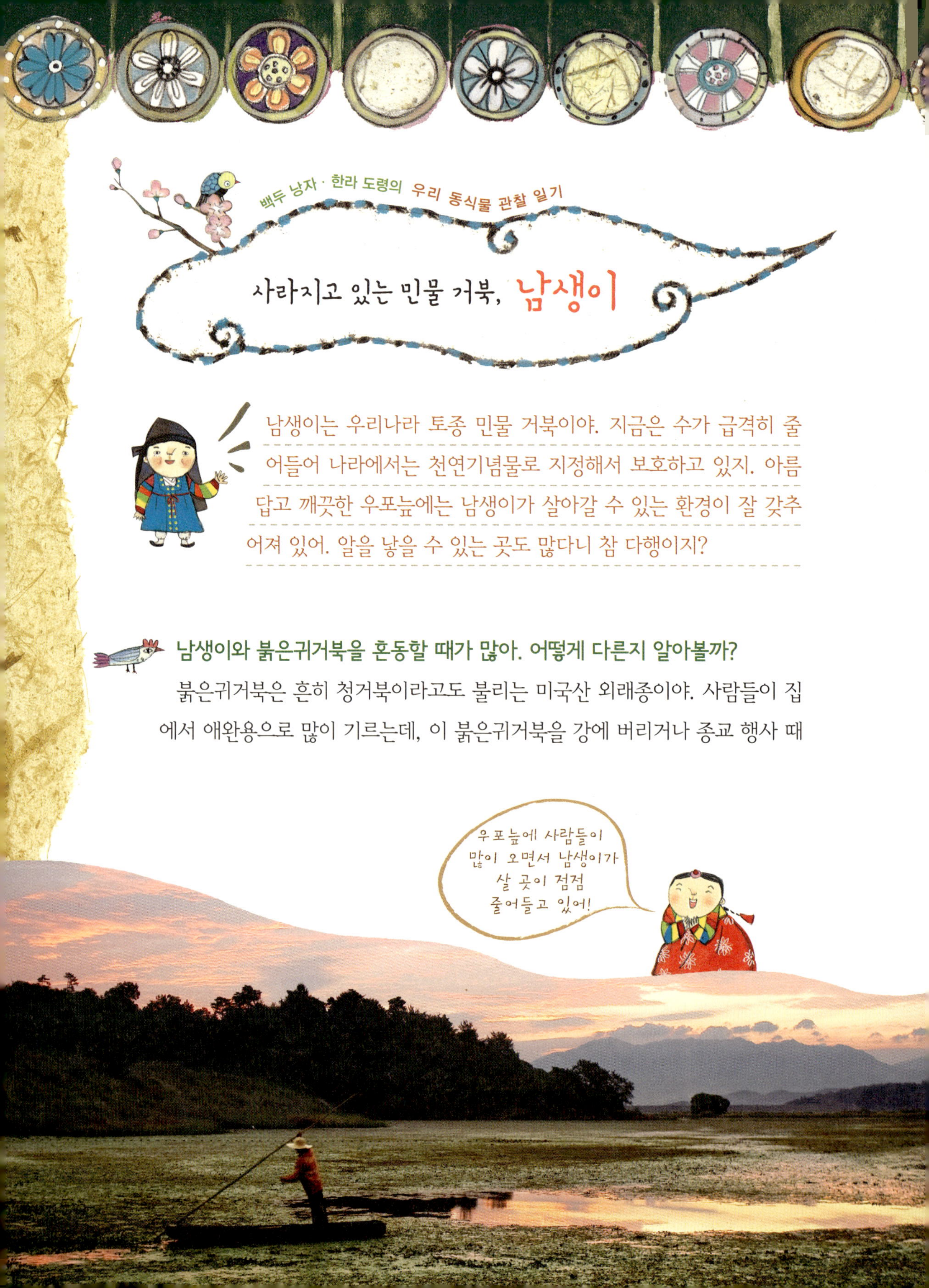

사라지고 있는 민물 거북, 남생이

남생이는 우리나라 토종 민물 거북이야. 지금은 수가 급격히 줄어들어 나라에서는 천연기념물로 지정해서 보호하고 있지. 아름답고 깨끗한 우포늪에는 남생이가 살아갈 수 있는 환경이 잘 갖추어져 있어. 알을 낳을 수 있는 곳도 많다니 참 다행이지?

남생이와 붉은귀거북을 혼동할 때가 많아. 어떻게 다른지 알아볼까?

붉은귀거북은 흔히 청거북이라고도 불리는 미국산 외래종이야. 사람들이 집에서 애완용으로 많이 기르는데, 이 붉은귀거북을 강에 버리거나 종교 행사 때

놓아 주기도 해 우리나라에서 갑자기 수가 늘어났어. 붉은귀거북은 못 먹는 게 없어. 그러다 보니 성질이 온순한 남생이는 붉은귀거북과 먹이 경쟁에서 번번히 지고 만다고 해.

 ### 귀여운 남생이에 대해 더 알아볼까?

남생이는 강이나 늪, 물가에 많이 살아. 하지만 허파로 숨을 쉬기 때문에 물에서만 살 수는 없어. 그래서 물속에서 헤엄치며 놀다가 육지로 올라와 먹이를 찾지. 햇볕이 따뜻한 날이면 남생이는 물가에 나와 몸을 말려. 남생이와 같은 거북들은 햇볕을 쬐지 않으면 병이 생기기도 하거든. 또 너무 더우면 그늘이나 물속에 들어가 체온을 조절해.

남생이의 먹이는 무척 다양해. 개구리 같은 양서류에서부터 달팽이, 지렁이, 곤충, 작은 물고기, 수초까지 가리지 않고 잘 먹는 잡식성이지. 또한 물에서 죽은 물고기나 작은 동물들의 시체도 먹어 치우기 때문에 강의 청소부 역할을 톡톡히 해낸다고 해.

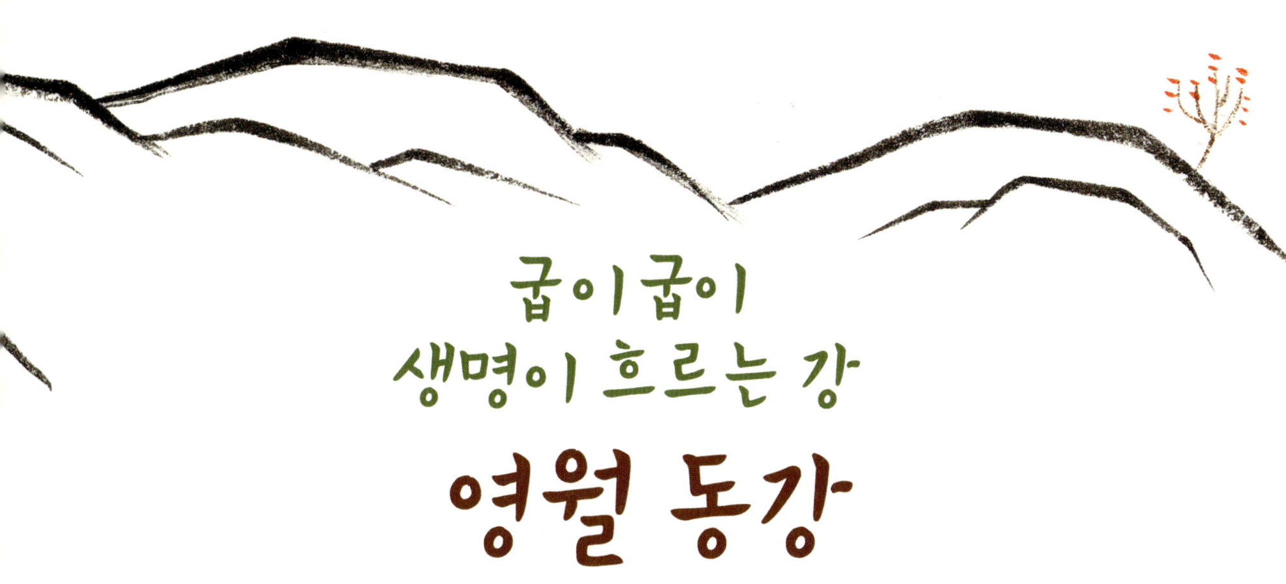

굽이굽이
생명이 흐르는 강
영월 동강

"된꼬까리 앞에 거의 다 왔군. 이곳만 넘으면 돼. 힘내자."

뗏목꾼 박 서방은 자기도 모르게 주먹을 불끈 쥐었어요. 손바닥에는 축축하게 땀이 배었지요.

된꼬까리는 동강에서도 가장 경사가 급하고 물살이 빠른 여울목 이름이에요. 된꼬까리라는 이름은 마치 고깔을 거꾸로 세워 놓은 것 같은 모양이라고 해서 붙여졌지요.

"정신 차리자. 잘못하다간 꼼짝없이 물귀신 신세가 될 거야."

정말로 이곳은 뗏목꾼들의 목숨을 거두어 가기로 소문난 곳이었어요. 동강은 눈이 시릴 만큼 아름다운 자연 그대로의 모습을 지

71

닌 강이에요. 그러다 보니 뗏목을 옮기는 뗏목꾼들이 목숨을 걸어야 할 만큼 험한 길목도 많았는데, 그중에서도 된꼬까리가 가장 위험했지요. 이곳에서 자칫 뗏목들이 엉키기라도 하면 한순간에 뒤집혀 버릴 수 있었어요.

"영차, 영차!"

박 서방은 뗏목이 물살에 휩쓸리지 않도록 애썼어요. 박 서방은 나무를 이어 뗏목을 만들어서 한양으로 가져가는 중이었어요. 동강이 있는 강원도의 소나무는 질이 아주 좋아서 한양 사람들이 많이 가져다 썼거든요.

하지만 이곳은 워낙 깊은 산골이어서 무거운 나무를 한양까지 실어 나르는 것은 쉬운 일이 아니었어요. 그래서 생각해 낸 방법이 바로 뗏목이었어요. 한꺼번에 나무를 많이 실어 가는 데에는 나무를 뗏목으로 만들어서 동강에 띄우는 방법이 최고였지요.

박 서방처럼 뗏목을 타고 나무를 나르는 사람을 뗏목꾼, 혹은 떼꾼이라고 불렀어요.

한편 집에 있는 박 서방의 아내도 애가 타는 건 마찬가지였어요.

"지금쯤이면 서방님이 황새여울이나 된꼬까리를 지나고 계시겠지? 무사히 건너셔야 할 텐데…….”

　박 서방의 아내는 남편이 무사하기만을 빌었어요. 그러고는 타
는 속을 달래기 위해 노래 한 자락을 읊조렸어요.

　　우리 집의 서방님은 떼를 타고 가셨는데,
　　황새여울 된꼬까리 무사히 다녀가셨나.
　　아리랑 아리랑 아리리요,
　　아리랑 고개 고개로 날 넘겨 주게.

많이 들어 본 노래이지요? 이 노래는 강원도 정선 지방에서 부르는 아리랑이랍니다. 동강의 험한 물굽이를 타고 다니던 마을 사람들은 무사히 강을 건너기 바라는 마음을 아리랑 노랫말에 담아 불렀어요.

동강은 강원도 영월과 정선을 잇는 아름답고 신비로운 강이에요. 강 주변의 경치가 빼어날 뿐만 아니라 지금은 쉽게 보기 힘든 야생 동식물이 많이 모여 살지요. 나라에서는 동강을 보호하기 위해 2002년에 자연 생태계 보전 지역으로 정했답니다.

동강은 차를 타고 돌아볼 수가 없어요. 어느 곳이나 강 옆으로는 찻길이나 사람이 낸 길이 있기 마련인데, 동강 옆에는 그런 길이 없지요. 동강은 기암 절벽 사이를 이리저리 굽이치면서 저 혼자 흐르고 있답니다. 그래서 동강이 여전히 맑고 아름다운지도 몰라요.

그런데 동강의 모습을 가만히 들여다보면 생각나는 동물이 하나 있어요. 바로 뱀이에요. 구불구불 굽이쳐 흐르는 모습이 꼭 꿈틀거리는 뱀처럼 생겼지요. 이런 강을 '사행천'이라고 불러요. 뱀이 기어가는 듯한 모양의 강이라는

뜻이지요.

　그래서인지 동강 곳곳에는 뱀에 얽힌 이야기들이 많이 전해 오고 있어요. 그중 동강에서도 가장 멋진 경치를 가졌다는 어라연에 전해지는 이야기를 들려줄게요.

　어라연은 세 개의 봉우리로 되어 있는 동강의 바위섬이에요.

　"큰일일세. 어제 건넛마을 김 서방이 또 당했다는구먼."

　"강에 큰 뱀이 사는 게 틀림없다니까."

　마을 사람들이 수군거렸어요. 김 서방처럼 이곳에서 목숨을 잃은 사람은 한두 명이 아니었어요. 마을 사람들은 이게 다 강에 사는 커다란 뱀의 짓이라고 생각했어요.

　그러던 어느 날이었어요.

　"강가에 이상한 것이 있어요!"

　강가에서 놀던 아이들이 소리를 치며 달려왔어요. 마을 어른들은 서둘러 강가로 달려갔지요. 강가의 돌무더기 위에는 정말로 이상하게 생긴 무엇인가가 놓여 있었어요. 그것은 어찌나 길고 크던지 마을 사람들의 입이 떡 벌어질 정도 였지요.

“이건 뱀이 허물을 벗어 놓은 게
분명해!”
“길이가 수십 척은 되겠는걸.”
“세상에! 비늘 하나가 동전만 해요.”
마을 사람들은 커다란 비늘을 주워 관청으로 가져갔어요.
얼마 뒤 나라에서는 권극하라는 관찰사를 어라연으로 보냈어요.
“정말 이상한 기운으로 가득 찬 곳이로구나.”
권극하는 배를 띄워 강 한가운데로 나아갔어요. 그때였어요.
“우르르릉, 쏴아아!”
갑자기 하늘이 어두워지면서 장대비가 쏟아지기 시작했어요. 그

러자 강가에 놓여 있던 뱀의 허물은 어디론가
자취를 감추고 말았어요. 그 뒤 다시는 이곳에 커다란
뱀이 나타나지 않았다고 해요.
　이 이야기가 사실인지 아닌지는 알 수 없어요. 어쩌면 이곳 동
강이 험하고 신비하기 때문에 생겨난 이야기일지도 모르지요. 그

런데 지금까지도 이곳에 유난히 뱀이 많이 나온다고 하니, 참 신기하지요?

동강은 신비한 모습 못지않게 다양한 동식물들이 사는 곳으로도 유명해요. '자연 박물관' 또는 '열린 식물원'이라고 불리는 동강 주변에는 우리나라 중부 지방에서 볼 수 있는 식물들이 다 살아요. 소나무, 주목, 분비나무, 신갈나무, 진달래, 철쭉, 노루오줌, 산괴불주머니, 노루귀, 금붓꽃, 각시붓꽃 등이 있지요.

동강의 맑은 물을 찾아 날아오는 새도 다양해요. 매, 소쩍새, 올빼미, 검독수리 같은 맹금류를 어렵지 않게 볼 수 있지요. 크낙새, 백로, 왜가리, 원앙, 비오리 같은 새들도 둥지를 틀고 새끼를 키워요.

그뿐만 아니라 아주 깊은 산속에서만 산다는 제비나비나 장수하늘소 같은 곤충도 있고요.

그런데 이렇게 고요하고 아름다운 동강이 요즘은 예전의 모습을 점점 잃어 가고 있어요. 이곳의 빼어난 경치가 알려지면서 사람들이 래프팅을 즐기는 관광지로 변했거든요.

래프팅은 보트를 타고 급류 타기를 즐기는 놀이예요. 동강은 급류를 타기 아주 좋은 여울목이 있어 사람들이 많이 찾게 되었답니다. 그러다 보니 동강 물이 더러워지고 있어요. 그런데 물이 더러워지는 것만큼이나 큰 문제가 또 있어요. 래프팅을 즐기는 사람들이 질러대는 비명이지요.

"으아아아!"

"엄마야!"

사람들의 비명에 동강의 동물과 식물은 스트레스를 받아요.

"아이, 깜짝이야. 무슨 일이지? 가슴이 두근거려서 알을 품을 수가 없어, 쨱쨱쨱."

"물을 마시고 싶은데 강에 내려갈 수가 없잖아. 목말라."

실제로 래프팅이 한창 벌어지는 여름에는 새들과 동물이 알이나 새끼를 잘 낳지 못한다고 해요.

동강이 지금의 아름다운 모습으로 우리 곁에 남아 있을지, 아닐지는 우리 손에 달려 있어요. 동강이 맑은 빛을 잃지 않고 영원히 우리 곁에 있을 수 있도록 우리 모두 노력해야겠어요.

어라연의 토종 물고기, 어름치

동강의 어라연은 하늘이 내린 경치라고 말할 정도로 아주 아름다워. 어라연 양쪽 기슭으로는 거대한 절벽이 솟아 있어. 절벽 위에는 금강송이 군락을 이루고, 절벽 아래로는 깊이를 알 수 없는 깊은 연못이 자리하고 있지. 그럼 이 아름다운 어라연에 사는 친구들을 만나 볼까?

어라연은 물 반 고기 반이라는데, 정말이야?

어라연은 '수많은 물고기들이 헤엄치는 모습이 비단처럼 반짝거린다.'고 해

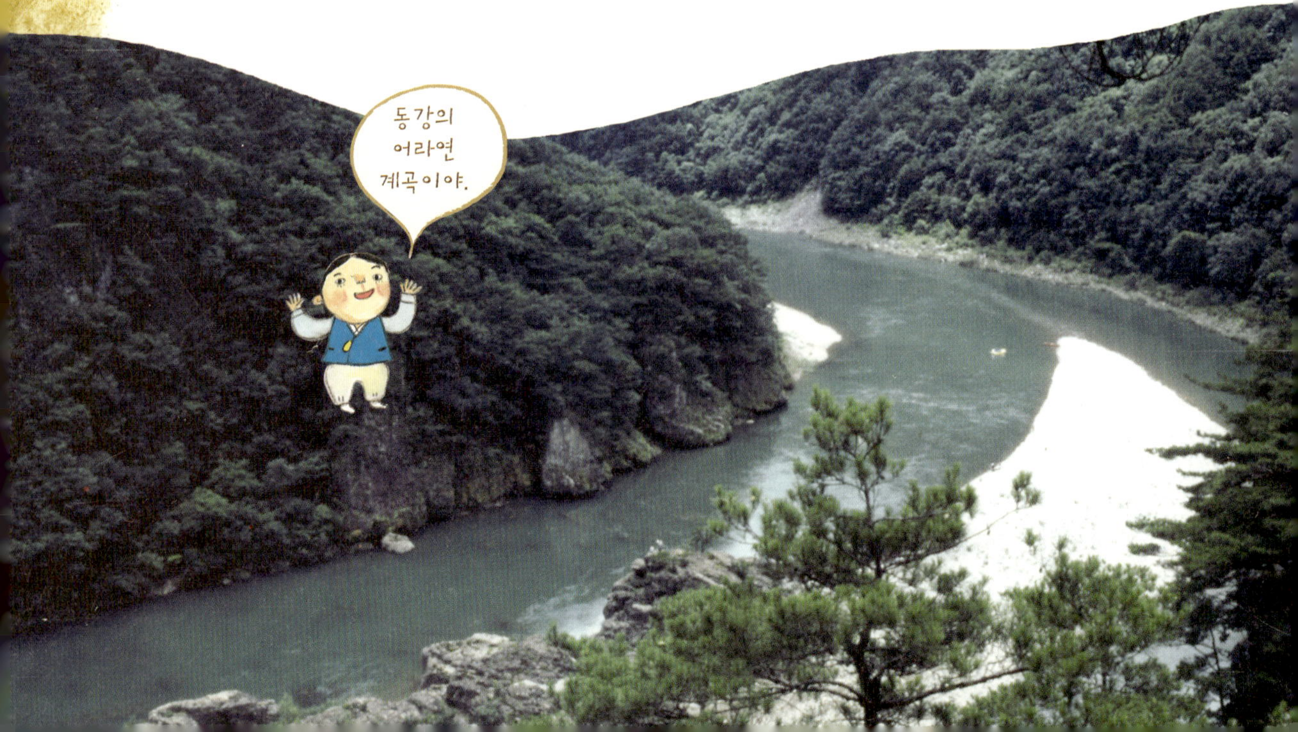

서 붙은 이름이야. 어라연에 사는 물고기는 120여 종류나 돼. 어름치, 쉬리, 묵납자루, 얼룩동사리, 금강모치, 꺽지 등 가장 맑은 물에서만 사는 물고기들이 모두 모여 살지.

특히 어름치는 환경 변화에 민감하고 특이한 행동을 하는 물고기라서 1978년에 천연기념물 제259호로 지정되었어.

천연기념물인 어름치를 자세히 관찰해 볼까?

어름치는 몸에 어른어른거리는 무늬를 가지고 있어서 어름치라는 이름이 붙었대. 어름치는 알 낳는 방법이 무척 특이해. 물속 자갈밭에다 알을 낳고는 그 위에 자갈로 산란 탑을 쌓아 올리지. 그런데 이 산란 탑을 보면 그해 날씨를 알 수 있다고 해. 산란 탑이 물 가장자리에 있으면 비가 많이 오고 물 한가운데에 있으면 가뭄이 든대. 정말 신기하지?

철새들의 천국
낙동강 하구와 을숙도

"아이, 맛있어. 여기는 먹잇감이 정말 많다니까."

갯지렁이가 열심히 흙을 뒤집으며 먹이를 잡고 있어요. 갯지렁이가 먹고 있는 것은 작은 아메바예요.

아메바는 몸이 하나의 세포로 되어 있는 원시적인 동물이에요. 아메바가 많다는 건 이곳의 흙에 영양분이 많다는 뜻이지요. 바로 그때였어요.

"맛 좋은 갯지렁이잖아. 꽈악!"

날쌘 청둥오리 한 마리가 갑자기 날아와 갯지렁이를 덥석 물었어요. 청둥오리는 토실토실한 갯지렁이를 한입에 꿀꺽 삼켜 버렸어요. 그 순간 주위에 있던 수많은 새들이 한꺼번에 날아오르기 시작했어요.

"키잇, 키잇!"

이곳저곳에서 경계의 신호를 보내는 날카로운 새들의 울음소리가 울려 퍼졌어요.

"어이쿠, 매가 나타났구나!"

청둥오리는 서둘러 날개를 치며 날아올랐어요. 하지만 날쌘 매의 눈을 피하기에는 이미 늦어 버렸어요. 매는 2미터가 넘는 길쭉한 날개를 펼치고서 눈 깜짝할 사이에 청둥오리를 덮쳤어요.

영화에서나 볼 수 있는 장면이라고요?

낙동강 하구에서는 이런 모습을 쉽게 볼 수 있답니다. 낙동강 하구는 우리나라에서 철새들이 가장 많이 날아오는 철새 도래지예요. 계절에 따라 사는 곳을 바꾸는 철새들이 바다를 건너 이곳으로 날아오지요.

그런데 왜 낙동강 하구에 철새들이 이렇게 많이 모이는 걸까요? 거기에는 다 이유가 있답니다.

낙동강 하구는 우리나라에서도 손꼽히는 삼각주 지형이에요. 하구는 바로 강이 바다로 흘러드는 어귀를 말하지요.

흐르는 강물 속에는 흙과 모래가 섞여 있어요. 강의 상류 쪽은 물살이 빨라 흙과 모래가 물에 실려 떠내려가요. 하지만 강의 하류에서는 물살이 느려지면서 물에 실려 온 흙과 모래가 조금씩 쌓이게 된답니다.

한 알, 두 알, 한 뼘, 두 뼘…….

조금씩 조금씩 흙이 쌓여 어느덧 삼각형 모양의 넓은 땅이 되지요. 이런 곳을 삼각주라고 불러요.

삼각주는 영양분이 많은 물질들이 오랜 시간 동안 쌓여 만들어졌기 때문에 여러 생물이 모여 살기에 참 좋은 곳이에요. 아메바 같은 원시 동물이 많고, 아메바를 먹고 사는 갯지렁이도 무척 많아요. 그리고 여기에 사는 갯지렁이나 작은 물고기, 게들을 먹잇감으로 하는 철새도 많이 찾아오고 있어요.

특히 낙동강 하구의 삼각주 '을숙도'는 철새들이 가장 좋아하는 곳이에요. 이곳에는 130여 종류의 새들이 모여드는데, 그 수가 어

마어마하답니다.

　낙동강 하구는 물이 많기 때문에 이곳을 찾는 새의 대부분은
물새예요. 오리 종류가 가장 많고, 그 다음이 도요새, 물떼새,
논병아리, 가마우지, 백로, 갈매기 등이랍니다.

　이런 철새를 사냥하러 찾아오는 수리나 매도 제법 눈에 띄지요.

우리나라에서 이렇게 많은 종류의 새를 한꺼번에 볼 수 있는 곳은
정말 드물어요.

　그래서 많은 연구가들은 낙동강 하구와 을숙도를 무척 중요한
곳으로 여겼어요. 이렇게 해서 이곳은 천연기념물 제179호 낙동
강 하류 철새 도래지로 지정되었지요.

　을숙도라는 이름은 '새가 많이 사는 물 맑은 섬'이라는 뜻이에
요. 을숙도는 물도 맑지만 무엇보다도 새들이 안심하고 보금자리
를 꾸밀 수 있는 멋진 갈대숲이 우거져 있어요. 갈대의 키가 얼마
나 큰지 어른 키를 훌쩍 넘을 정도예요.

　하지만 예전 을숙도의 모습을 기억하는 사람들은 지금의
을숙도를 보면 고개부터 흔들어요.

　"예전에 을숙도는 정말 멋진 곳이었어. 갈대숲에
서 새들이 한꺼번에 날아오르는 모습은 정말
장관이었지."

“그래, 맞아. 하구둑이 생기기 전에는 말이야.”

하구둑이라니 그게 뭐냐고요? 하구둑은 을숙도의 동쪽과 서쪽을 가로지르는 긴 둑을 말해요. 바닷물이 강으로 거꾸로 올라오는 걸 막고 낙동강 물을 잘 이용하려고 이 둑을 쌓은 거예요.

“하구둑을 쌓으면 을숙도는 섬이 아니라 육지가 됩니다.”

“을숙도의 자연환경이 엉망이 될 거예요.”

하구둑 때문에 을숙도의 모습이 바뀌지 않을까 걱정하는 사람들도 있었어요. 그런데 아니나 다를까 걱정했던 일들이 일어나고야 말았어요. 차곡차곡 잘 쌓이던 모래톱의 양이 갑자기 줄어들기 시작한 거예요. 그뿐이 아니에요.

“강변에 아파트가 들어선대요.”

“쓰레기 처리장과 분뇨 처리장을 세운대요.”

사람들이 을숙도 주변에 자꾸만 건물을 세우고 개발하면서 강물은 조금씩 더러워졌어요.

“도저히 숨을 쉴 수가 없어. 캑캑!”

“이제는 이곳에도 먹을 것이 없구나.”

사람들이 흘려보내는 더러운 물 때문에 많은 종류의 생물이 사라지고 말았어요. 그러니 이곳을 찾는 철새 수도 자연히 줄어들

수밖에요. 참 안타까운 일이지요?

을숙도와 낙동강 하구는 예전 같지는 않지만 그래도 여전히 아름다운 철새들이 날아와 보금자리를 만들고 있어요. 나라에서도 낙동강 하구에 날아오는 철새들을 보호하려고 1989년에 이곳을 생태계 보전 지역으로 지정했어요. 그 뒤로 많은 사람들이 이곳의 환경을 지키기 위해 애쓰고 있답니다.

낙동강 하구에 날아오는 철새를 보기에 가장 좋은 때는 1월이에요. 만일 여러분이 낙동강에 철새를 보러 갈 계획을 세운다면 가장 보고 싶은 새가 언제 오는지, 또 어느 곳을 돌아볼지를 미리 정하세요. 낙동강 하구는 워낙 넓은 데다 습지, 갯벌, 강가를 모두 돌아다녀야 하기 때문에 준비를 철저히 하는 것이 좋답니다.

그런데 낙동강 하구에 가면 주의할 점이 있어요. 새들이 놀라지 않게 조용히 하고, 일부러 쫓지 않는 것이랍니다. 새를 보러 가는 사람들 중에는 일부러 새를 쫓아서 날리는 사람도 있거든요.

"후여, 후여!"

"와! 저 새 날아가는 것 좀 봐. 정말 멋있다!"

철새 무리가 한꺼번에 날아오르는 모습은 정말 멋져요. 하지만 놀라서 급하게 날아올라야 하는 새들은 무척 힘들 거예요. 새들은 사람들의 소리를 공격으로 알고 피하는 거랍니다. 빨리 도망쳐야 하니 엄청난 힘을 쏟아 날갯짓을 하지요.

특히 고니처럼 덩치가 큰 새는 더 힘들어요. 고니는 몸이 크기 때문에 하늘로 날아오를 때 수면 위를 한참 달려요. 꼭 비행기가 날아오르기 전에 활주로를 한참 달려서 속도를 올려야 하는 것처럼 말이에요. 100미터 달리기를 하듯이 온 힘을 다해 달려야만 겨우 날아오를 수 있으니 얼마나 힘들고 피곤하겠어요? 그러니 일부러 새를 쫓는 일은 하지 말아야겠지요?

오늘도 아름다운 철새들은 낙동강 하구를 잊지 않고 찾아오고 있어요.

"안녕, 을숙도야. 내가 또 왔단다. 그동안 잘 지냈니?"

"올해는 먹을 것도 더 많아지고 깨끗해졌네. 아이, 좋아라."

철새들이 낙동강 하구를 언제고 다시 찾았을 때, 이렇게 기뻐할 수 있으면 참 좋겠어요.

턱시도를 입은 신사, 검은머리물떼새

낙동강 하류 철새 도래지의 대표적인 겨울 손님인 검은머리물떼새를 만나러 왔어. 이 새는 철새 중에서도 유난히 사람들의 눈길을 끌어. 마치 턱시도를 입은 신사처럼 생겼거든. 또 눈이 붉고 부리는 주황색이라 멀리서도 금세 알아볼 수 있어. 그럼 함께 만나 볼까?

검은머리물떼새가 멸종 위기에 처해 있다고?

검은머리물떼새 중에서도 우리나라를 찾아오는 종류는 동아시아 지역에서만 사는 특별한 종이래. 이 종은 전 세계적으로 1만 마리밖에 되지 않기 때문에

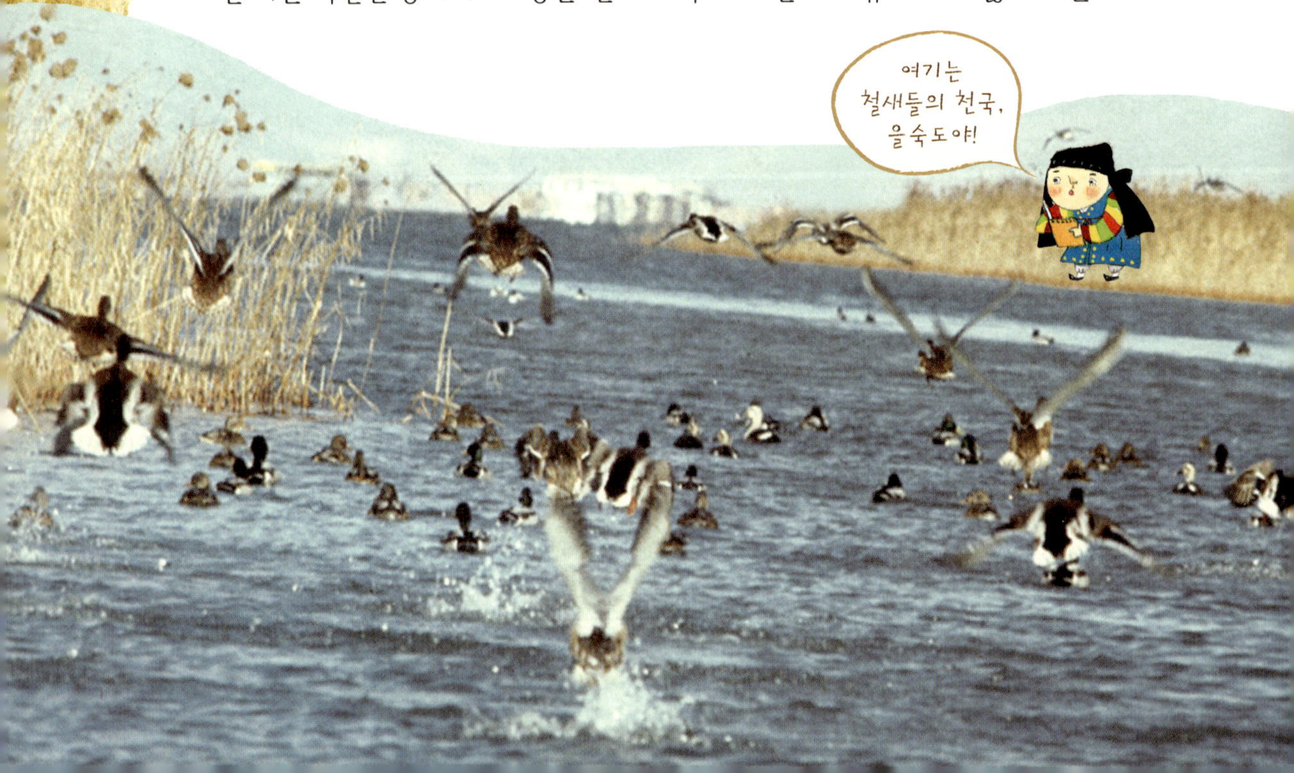

국제적으로 보호를 받고 있어. 우리나라에서도 천연기념물 제326호로 지정해 보호하고 있지.

 **검은머리물떼새에 얽힌 슬픈 전설을 들어 볼래?**

바닷가에 한 부부가 살고 있었대. 그런데 어느 날 고기잡이를 나간 남편이 폭풍우에 휘말려서 돌아오지 못했어. 남편을 애타게 기다리던 아내는 남편이 너무나 그리워 바다에 뛰어들었지. 한편 남편은 배가 부서져 바다를 떠돌면서도 아내를 생각하며 끈질기게 살아남았어. 그리고 드디어 집으로 돌아왔지. 하지만 아내는 이미 바다에 뛰어든 다음이었어. 남편은 아내가 죽은 곳으로 가 아내의 넋을 위로하고 자기도 바다에 몸을 던졌어.

그 뒤 부부가 죽은 곳에는 이름 모를 새 한 쌍이 날아왔어. 애틋한 울음소리를 내는 이 새를 보고 마을 사람들은 죽은 부부가 환생했다고 믿었대. 그 새가 바로 검은머리물떼새였어.

바닷가에 펼쳐진 생명의 터전
강화도 갯벌

병자호란 때의 일이었어요.

"청나라 군사들이 이웃 마을까지 쳐들어왔대요!"

"그럼 우리 마을에 들어오는 건 순식간일 텐데……."

"어서 아이들을 데리고 강화도로 갑시다."

사람들은 정든 마을을 두고 떠날 채비를 하느라 정신이 없었어요. 어린아이들도 보따리를 메고 부모님의 뒤를 따랐지요. 피난길은 배고프고 힘들었지만 살려면 어쩔 수 없었어요. 청나라 군사들은 잔인하기로 이름나 있었거든요. 청나라 군사들의 칼에 죽임을 당한 우리 백성들은 헤아릴 수 없을 만큼 많았어요.

"이제 거의 다 왔다. 나루에서 배를 타고 강화도로 건너가
면 우리 모두 무사할 거야."

"제아무리 강한 청나라 군사라도 강화도까지 따라오지는
못하겠지."

사람들은 너도나도 강화도로 건너가는 나루로 몰려
들었어요. 어느새 나루에는 사람들의 물결로 숨도 쉴 수
없을 지경이었어요.

"배를 태워 주세요."

"제발 불쌍한 백성들을 살려 주세요."

백성들은 목이 터져라 소리치며 사정했어요.

"이 많은 사람을 하나하나 배에 다 태우다간
모두 죽고 만다."

강화도 수비를 책임지고 있던 관리인 김경징은 부하
들에게 명령했어요.
"벼슬아치들만 배에 모셔라!"
김경징의 명령대로 양반들과 벼슬아치들은 배를
타고 강화도로 떠났어요.
"아이고, 이러다가 우리 같은 백성들은 다
죽겠네!"
"나리, 제발 우리 개똥이만이라도 태워
주세요. 흑흑!"
백성들은 아이들을 안아 올리며 통곡했어요.
하지만 김경징은 눈 하나 깜짝하지 않았어요.

"그 다음에는 내 친척과 내가 아는 이들을 태울 것이다."

김경징의 친척과 그가 아는 사람들도 모두 배에 올랐어요.

그러는 사이, 마침내 청나라 군사들이 나루까지 뒤쫓아 오고야 말았어요.

"어딜 도망치려고!"

청나라 군사들은 닥치는 대로 칼을 휘둘렀어요.

"뭣들 하느냐! 빨리 배를 출발시켜라!"

김경징은 소리치는 백성들을 뒤로하고 얼른 강화도로 도망쳐 버렸어요.

백성들은 청나라 군사들에게 가엾게 죽어 갔답니다. 얼마나 많은 백성들이 한꺼번에 목숨을 잃었는지 강화도 갯벌은 백성들이 흘린 피로 붉게 물들었어요.

"아, 억울하다!"

억울하게 죽은 백성들의 넋은 나중에 붉은색의 풀로 피어났다고
해요. 그 풀이 바로 해홍나물이랍니다.

해홍나물은 소금기가 있는 습지에서 자라는 식물이에요. 그래
서 바닷물이 들어왔다 나갔다 하는 곳에서 많이 볼 수 있답니다.

해홍나물이 자라는 곳 주변에는 갯벌 생물이
많이 모여 살아요. 해홍나물의 키가 크기 때문에 새들
의 눈에 잘 띄지 않고, 따가운 햇볕도 피할 수 있거든요. 또

부드러운 해홍나물의 잎과 줄기는 갯벌 생물에게 좋은 먹이가 되지요.

강화도 갯벌에는 해홍나물이 유난히 아름답게 피어 있어요. 밀물 때가 되면 해홍나물이 물속에 잠겨서 바닷물을 붉게 물들이지요. 이때의 풍경은 마치 청나라 군사들이 쳐들어왔을 때 이곳에서 피흘리며 죽어 간 백성들의 슬픈 넋을 위로하는 듯하답니다.

강화도는 우리나라에서 다섯 번째로 큰 섬이에요. 썰물 때 바닷물이 빠져나가면 끝이 보이지 않을 만큼 거대한 바닷속 땅이 그대로 드러나요. 바로 강화도 갯벌이지요. 갯벌은 바닷가에 펼쳐진

넓은 벌판이라고 할 수 있어요. 바닷물이 밀려올 때에는 바다가 되지만, 바닷물이 빠져나가면 육지가 되는 곳이지요.

강화도 갯벌은 우리나라에서 가장 넓은 갯벌이고, 세계적으로도 아주 유명해요. 미국 동부 해안, 캐나다 동부 해안, 아마존 강 하구, 북해 연안과 함께 세계 5대 갯벌로 손꼽히지요.

그런데 그동안 우리는 이렇게 크고 넓은 소중한 갯벌을 가졌으면서도 이곳이 얼마나 중요한지 잘 알지 못했어요.

"갯벌은 육지에서 떠내려온 더러운 물질이 고여 있는 곳이에요."

"갯벌은 쓸모없으니까 흙으로 메워 땅으로 만드는 게 어떨까요?"

"그거 좋겠군요! 논으로 만들어 농사를 지읍시다."

나라에서는 곧 갯벌을 메우고 땅을 일구는 사업을 벌였어요.

"버려진 땅을 논으로 바꾸다니, 정말 대단한걸!"

바닷가에 사는 사람들도 모두 반겼어요. 하지만 그리 오래지 않아 그 생각이 잘못되었다는 걸 깨닫게 되었지요. 갯벌을 메웠더니 깨끗했던 바다가 오히려 오염되는 것이었어요.

"이상해. 바닷물이 점점 더 더러워지고 있어."

"잘 잡히던 게나 조개가 모두 사라져 버렸어."

연구가들은 갯벌을 조사하기 시작했어요.

"갯벌은 정화조와 같은 곳입니다. 오염 물질이 쌓이는 곳이 아니라, 오염 물질을 걸러 주는 곳이랍니다."

"사람의 몸으로 치자면 콩팥과 같아요."

"갯벌을 파괴시키는 개발을 막고 이곳을 잘 보존해야 합니다."

마침내 나라에서는 수십 년 동안 여기저기서 벌인 갯벌 공사를 멈추었어요. 갯벌의 소중함을 늦게나마 깨달은 것이지요.

강화도 갯벌은 우리나라 남서쪽 해안을 따라 넓게 펼쳐져 있어요. 갯벌 안에는 눈에 보이지 않는 작은 미생물부터 식물, 무척추 동물, 조류, 어류에 이르기까지 다양한 생명체가 어우러져 살아가고 있어요.

강화도 갯벌에서는 말뚝망둥어, 칠게, 밤게, 콩게, 갯지렁이, 동죽, 가무락 등을 쉽게 볼 수 있어요. 그런데 처음 갯벌에 가 본 사람들은 이런 사실을 믿지 않아요.

"온통 진흙 바닥뿐인데요?"

언뜻 보기에 갯벌은 그냥 진흙 바닥처럼 보이기도 해요. 하지만 숨을 죽이고 갯벌을 가만히 들여다보세요. 조금 있으면 경계를 풀고 살금살금 몸을 드러내는 생물들을 볼 수 있답니다. 갯벌 위로 드러난 수많은 구멍 속에는 게들이 살지요.

'여기는 내 집이야. 들어오면 알지?'

게가 큰 집게발을 올렸다 내렸다 하는 건 자기 집에 들어오지 못하게 경고하는 거예요. 또 수게가 암게를 만났을 때에는 '내 발 무척 크지?' 하는 뜻이라고 해요.

게의 구멍보다 조금 더 작은 구멍은 조개의 구멍이에요. 동죽은 5센티미터 정도 깊이의 갯벌 속에 사는 조개지요. 동죽의 구멍은 타원형으로 생겼어요.

갯가에 오래 산 사람들은 이렇게 구멍만 보고도 어떤 조개가 숨어 있는지를 알 수 있대요.

"발꿈치로 꾹 눌러 보았을 때 물을 쭉 내뱉으면 그건 동죽이 틀림없어요."

동죽은 갯벌이 눌리면 놀라서 물을 내뿜는 특이한 버릇이 있어요. 이런 버릇 때문에 사람들의 눈에 잘 띈답니다.

"구멍 두 개가 나란히 있으면 가리맛조개가 있다는 뜻이지요."

가리맛조개는 조개의 폭이 좁고 길어서 땅을 파기 어려운 갯벌에서도 쉽게 땅을 파는 조개예요. 50센티미터나 되는 깊은 곳까지 땅을 파고 내려가 살기 때문에 눈에 잘 띄지 않아요. 하지만 갯벌

에 구멍 두 개가 나란히 뚫려 있으면 그 속에 가리맛조개가 있다는 걸 쉽게 알 수 있지요.

강화도 갯벌에는 오늘도 하루에 두 번씩 바닷물이 들어왔다 나갔다 하고 있어요. 바닷물이 드나들면서 거대한 진흙 바닥인 갯벌도 하루에 두 번씩 모습을 드러내지요.

잊지 마세요! 갯벌은 단순한 진흙 바닥이 아니라, 셀 수 없이 많은 생명체가 어깨를 기대고 열심히 살아가는 생태계의 터전이라는 사실을요.

갯벌의 청소부, 갯지렁이

육지에서 더러워진 물은 갯벌을 지나 깨끗하게 되어 바다로 흘러가. 하지만 오염된 것들을 깨끗하게 해 주는 갯벌은 절대 썩는 법이 없어. 갯벌이 썩지 않는 건 보이지 않는 청소부 덕분이기도 하지. 그게 누구냐고? 함께 만나 볼까?

갯지렁이 아저씨, 오늘은 무엇을 청소할까?

갯벌의 청소부 갯지렁이는 더러운 물속에 섞여 있는 유기물들을 끊임없이 먹어 치워. 그래서 갯벌은 항상 깨끗하지.

또 갯지렁이가 갯벌 속을 기어 다니면서 구멍을 숭숭 뚫어 놓기 때문에 바닷

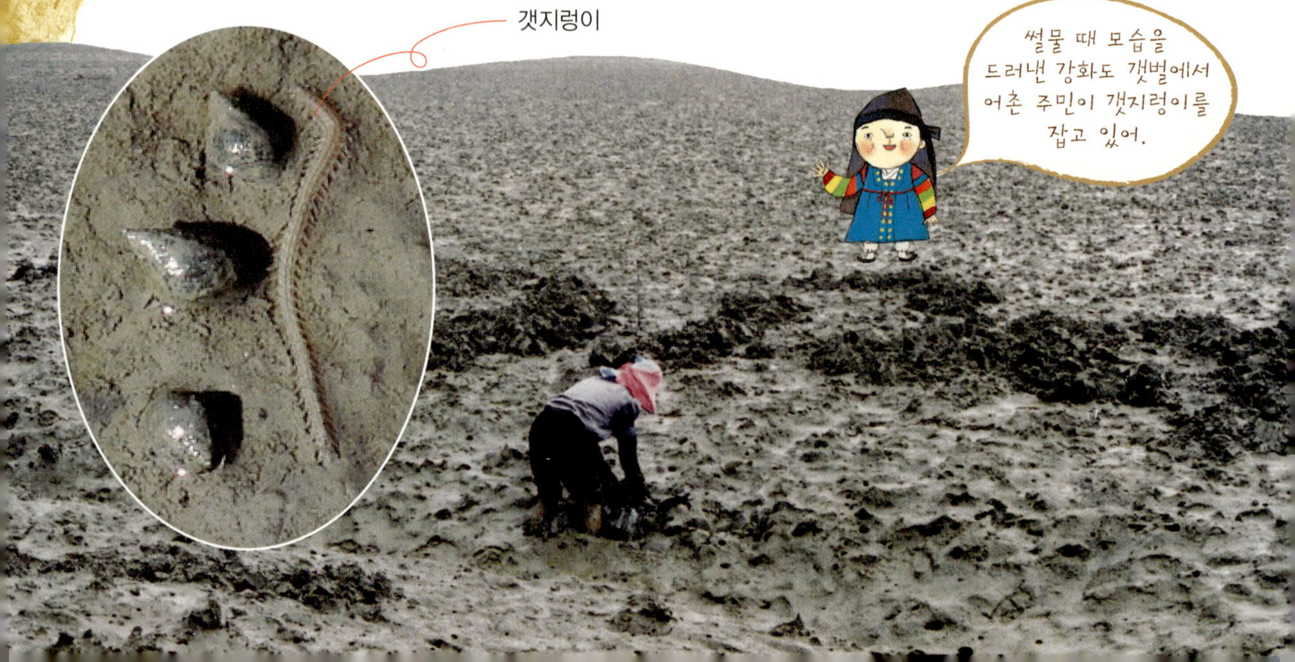

갯지렁이

물이 잘 흘러서 산소도 잘 통할 수 있게 돼. 만약 갯지렁이들이 사라진다면 갯벌도 금방 썩어 버릴 거야.

 ### 갯지렁이는 어떻게 생겼을까?

갯지렁이의 몸에는 작은 마디들이 1백여 개나 나 있어. 마디에는 작은 다리들이 한 쌍씩 달려 있지. 갯지렁이는 작게는 10센티미터, 큰 녀석은 무려 2미터가 넘는 것도 있어.

갯지렁이는 눈도 있어. 간혹 눈이 없는 것들은 눈 대신 빛의 어둡고 밝음을 구별할 수 있는 기관을 가지고 있지.

 ### 어촌 주민들은 갯지렁이에게 특별히 더 고마워한대. 무슨 말이냐고?

갯지렁이는 갯바닥 흙이 묽고 깊어서 몸을 숨기기 좋은 갯벌에 많아. 그래서 강화도 갯벌에 특히 갯지렁이가 많지. 갯지렁이는 낚시 미끼로 쓰이기 때문에 어촌 주민들이 잡아서 팔 수도 있지. 갯벌에서는 훌륭한 청소부 노릇을 하고 어촌 주민들에게는 소득도 올려 주니 참 고마운 생물이지?

크고 작은 늪을 품은 산
천성산과 화엄벌

원효 대사가 부산 기장군에 있는 작은 절에서 수도할 때의 일이에요.

"어허! 큰일이로다!"

눈을 감고 도를 닦던 원효 대사는 갑자기 눈을 번쩍 떴어요. 원효 대사의 눈빛이 예사롭지 않았어요.

"당나라 운제사에 큰 위기가 닥칠 것이다!"

중국 당나라의 종남산에는 운제사라는 큰 절이 있었어요. 이곳에는 천 명이나 되는 스님이 함께 모여 불법을 공부하고 있었지요.

"그대로 두었다간 스님 천 명이 모두 목숨을 잃을지도 모른다."

원효 대사는 어떻게 해야 운제사의 스님들을 살릴 수 있을지 고민했어요.

"그렇지! 그 방법을 써야겠다."

원효 대사는 방에 놓여 있던 소반을 들어 올렸어요. 그러고는 서쪽을 향해 공중으로 힘껏 날렸어요.

얼마 뒤, 운제사에서는 한 스님이 이상한 것을 발견했어요. 소반 하나가 날아와서는 공중에 둥둥 떠 있는 게 아니겠어요? 소반은 떨어질 것처럼 가라앉다가 다시 위로 떠오르곤 했어요.

"이럴 수가! 어떻게 소반이 공중에 떠 있는 거지?"

스님은 큰 방 안에 있던 다른 스님들에게 소리쳤어요.

"스님들, 이것 좀 보십시오. 이상한 일이 있습니다. 어서 나와서 한번 보세요."

큰 방에서는 천 명의 스님이 밥을 먹고 있었어요.

"도대체 무슨 일이지?"

"다들 나가 보세."

스님들은 너도나도 밖으로 달려 나갔어요. 스님들은 눈앞의 풍경을 보고 깜짝 놀랐어요. 소반 하나가 공중에 붕 떠서 오르락내리락하고 있는 게 아니겠어요?

“허 참, 소반이 살아 있는 것 같군.”

“정말 기이한 일일세!”

스님들은 모두 넋을 놓고 소반을 바라보았어요. 바로 그때였어요.

“우지직, 쾅!”

갑자기 큰 방의 대들보가 무너지면서 절이 폭삭 주저앉았어요.

“우리가 저 안에 있었으면 모두 죽고 말았을 거야!”

“부처님께서 우리를 도우신 게 틀림없어!”

그러는 사이 소반은 땅으로 내려와 있었어요. 스님들은 소반 아랫면에 새겨진 글씨를 발견했어요.

“여기에 ‘해동원효척반구중’이라고 적혀 있네.”

“해동의 원효가 소반을 던져 사람들을 구한다는 뜻이군요.”

당시 당나라에서는 신라를 해동이라고 불렀어요. 운제사의 스님들은 신라에 있는 원효 대사가 소반을 던져 자기들을 구했다는 것을 알게 되었어요.

“우리의 스승은 당나라가 아니라 해동에 있습니다.”

“우리 모두 원효 대사를 찾아가 스승으로 받듭시다.”

마침내 천 명이나 되는 스님이 수만 리나 떨어진 동쪽의 작은 나

라 신라로 건너왔어요.

한편 원효 대사는 곧 당나라에서
스님 천 명이 찾아올 것을 미리 알고
있었어요.

"천 명의 스님이 함께 수도를 할 만한 곳을 찾아야겠구나."

원효 대사는 절을 짓기에 적당한 곳을 찾았어요. 그곳이 바로
지금의 천성산에 있는 내원사 자리예요. 원효 대사는 당나라에서
온 스님 천 명을 맞이하고 내원사 뒷산으로 올라갔어요. 원효 대
사는 이곳에서 화엄경을 가르쳤지요.

당나라에서 온 스님들은 모두 열심히 공부했어요.

"이제야 깨달음을 얻게 되었어."

마침내 스님들은 도를 깨우쳐 성인이 되었답니다.

이처럼 원효 대사를 따르던 천 명의 스님이 모두 성인이 되었다고 해서 내원사 뒷산을 '천성산'이라고 부르게 되었어요. 그리고 원효 대사가 화엄경을 가르치던 벌판은 '화엄벌'이라고 했지요.

경상남도 양산시에 있는 천성산은 골짜기가 깊고 고요해서 수도하기 좋은 곳으로 알려져 있어요.

"천 가지 연꽃이 한꺼번에 핀 것처럼 아름다운 산이에요."

"마치 작은 금강산 같아요."

그래서 천성산을 '소금강산'이라고 부르기도 한답니다. 이런 천

성산이 매우 중요한 생태지로 알려진 건 얼마 되지 않았어요.

"천성산은 다양한 생태계가 있는 산지 습원입니다."

"이곳을 얼른 보호 구역으로 정하고 연구를 시작해야 합니다."

연구가들의 말처럼 천성산은 옆에 있는 정족산까지 이어지면서 22개나 되는 크고 작은 늪을 품고 있답니다. 천성산 산꼭대기 바로 아래에 펼쳐진 넓고 넓은 들판이 바로 화엄벌이에요.

화엄벌의 크기는 대략 25만여 평이나 된다고 해요. 봄에는 철쭉이 온 산을 뒤덮고, 가을에는 넓은 들판 가득 억새가 피어나는 아

름다운 곳이지요.

　화엄벌에는 '화엄늪'도 있어요. 화엄늪은 겉으로는 그냥 벌판 같지만 밟으면 질퍽질퍽한 늪이라는 걸 알 수 있지요. 이곳에는 온갖 희귀한 동식물이 무리를 지어 살아요. 멸종 위기에 놓인 이삭귀개, 끈끈이주걱 같은 식충 식물도 쉽게 만날 수 있어요.

　어디 그뿐인가요. 천성산 꼭대기에서 시작된 늪의 물은 산 아래로 내려오면서 그림 같은 경치를 지닌 12계곡으로 흘러내려요.

　이곳은 산소가 충분하지 않으면 살지 못한다는 꼬리치레도롱뇽

의 생태지로도 널리 알려져 있답니다. 그만큼 천성산을 타고 흐르는 물이 맑고 깨끗하다는 뜻이지요.

화엄늪은 대략 6천 년에서 1만 년 전에 생겨난 것이라고 해요. 나라에서도 이런 천성산 습지의 소중함을 알고 이곳을 습지 보호 구역으로 지정해 보호하려고 애쓰고 있답니다.

그런데 이렇게 소중한 천성산이 큰 위기를 맞은 적이 있어요.

"고속 철도를 놓아야 하는데 천성산이 가로막고 있으니……."

"천성산에 터널을 뚫으면 되겠군요."

고속 철도를 놓기 위해 천성산에 터널을 뚫는 공사가 시작되었어요. 그러나 천성산을 아끼는 사람들은 가만히 있지 않았어요.

"천성산 꼭대기에는 크고 작은 늪이 수십 개나 있어요. 터널을 뚫으면 물이 말라 늪이 모두 사라질 거예요."

"환경 지표 동물인 꼬리치레도롱뇽의 보금자리를 빼앗지 마세요. 천성산을 보호해 주세요."

　하지만 정부에서는 국민들의 세금으로 벌이는 사업이라서 그만둘 수 없다고 했어요.

　"도롱뇽 몇 마리 살리자고 수십조 원이 들어가는 나라의 큰 사업을 그만두란 말이오?"

　천성산을 아끼는 사람들과 정부는 팽팽하게 맞섰어요. 그러다가 정부가 천성산의 생태계와 습지가 얼마나 소중한 곳인지 알고 공사를 잠시 멈추었지요. 하지만 몇 년 뒤에 공사가 다시 시작되었어요. 결국 천성산에는 고속 철도가 지나가는 터널이 뚫렸고, 이곳으로 하루 50번 정도 고속 철도가 드나들고 있어요.

　천성산을 아끼고 보호하려고 애쓰는 사람들은 무척 안타까워해요. 그리고 이렇게 말하지요.

　"도롱뇽이 살 수 없는 땅에서 과연 사람이 살 수 있을까요?"

　오랜 세월이 흘러도 우리의 후손들이 천성산의 아름다운 자연과 꼬리치레도롱뇽의 귀여운 모습을 만날 수 있다면 참 좋겠어요.

천성산의 대표 동물, 꼬리치레도롱뇽

천성산은 꼬리치레도롱뇽의 생태지로도 유명해. 꼬리치레도롱뇽은 몸통보다 긴 꼬리가 치렁치렁하다고 붙여진 이름이야. 꼬리치레도롱뇽의 몸은 누런빛을 띤 갈색이라서 여간해서는 찾아내기 쉽지 않지. 자, 우리 눈을 동그랗게 뜨고 찾아볼까?

꼬리치레도롱뇽은 환경 지표 동물이래. 환경 지표가 무슨 말일까?

꼬리치레도롱뇽은 어떤 동물보다도 환경에 민감해. 이 도롱뇽은 산소가 가장

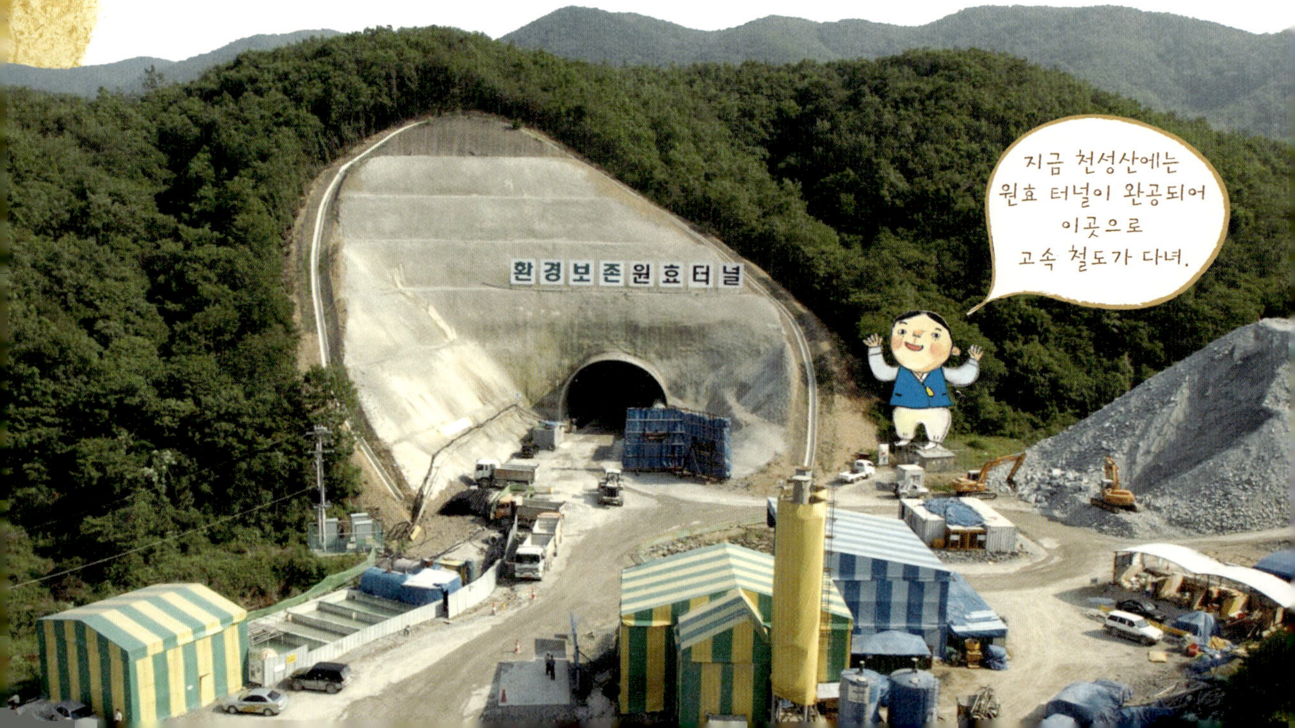

많이 녹아 있는 온도인 7도에서 10도의 물속에서만 살지. 그런데 이런 물은 거의 초1급수 물이야. 그래서 꼬리치레도롱뇽은 환경 상태를 알아보는 중요한 환경 지표가 되지. 우리나라에는 이러한 꼬리치레도롱뇽 말고도 다른 도롱뇽도 살고 있어. 제주에만 있는 제주도롱뇽, 북한에 사는 네발가락도롱뇽 등이야.

 ### 도롱뇽이 알 낳는 현장으로 함께 가 볼까?

우리나라 도롱뇽은 다른 나라 도롱뇽과는 다르게 체외 수정을 해. 그게 뭐냐고? 암컷이 알 주머니를 두 개 낳으면 그 위에 수컷 여러 마리가 정액을 뿌려 수정을 하는 거야. 알 주머니 하나에는 대개 12개 정도의 알이 들어 있대.

이런 체외 수정은 우리나라 도롱뇽만의 특징이야. 다른 나라 도롱뇽들은 수컷이 정자 주머니를 낳으면 암컷이 몸속으로 빨아들이는 체내 수정을 해.

부디 천성산에서 태어난 도롱뇽이 잘 자라 주었으면 좋겠어.

도롱뇽 알

조상의 지혜와 자연의 힘이 만든 숲 함양 상림

경상남도 함양에는 마을 땅을 기름지게 가꿔 주는 '위천'이라는 강이 있었어요.

"위천은 우리 마을의 젖줄이야."

"암, 그렇고말고."

위천은 함양 사람들에게는 없어서는 안 되는 소중한 강이었지요. 그런데 비가 많이 내리면 위천이 자주 넘쳐 걱정이었어요.

"큰일 났다. 위천이 또 넘치려고 해!"

"아이고, 이번에도 논이 다 잠겨 버리면 어쩌나."

갑자기 큰비가 올 때나 장마철이 되면 위천의 물은 어김없이 넘

쳐흘렀어요. 그래서 마을 사람들은 비
가 내리기 시작하면 걱정이 되어 잠도 못
잘 정도였어요. 함양 태수 최치원은 이런 백성
들이 딱해서 견딜 수가 없었어요.
 "위천이 넘치는 것을 어떻게 해야 막을 수
있을까?"
 그때 최치원의 머릿속에 좋은 생각이 났어요.
 "위천 옆으로 둑을 쌓고 물길을 돌리자!"
 최치원은 곧 마을 사람들을 불러 공사를
시작했어요. 먼저 위천 옆으로 둑을 쌓은
뒤 위천의 물길을 다른 쪽으로 돌려
놓았어요.
 "그 다음 일은 둑 위에
나무를 심는 것이네."

“알겠습니다요!”

최치원은 둑을 따라 나무를 심게 했어
요. 이렇게 하면 나무가 물을 빨아들여 마을까
지 물이 넘치는 것을 막을 수 있을 테니까요.

마침내 위천 옆으로 멋진 둑과 숲이 만들어졌어요.

“참으로 보기 좋구나. 이 숲을 대관림이라고 이름
붙여야겠다.”

그 뒤 대관림은 마을의 훌륭한 물막이가 되었답니다.

세월이 흘러 최치원이 태수 직을 마치고 함양을 떠날
때가 되었어요.

“이렇게 훌륭한 태수님께서 떠나시다니, 흑흑!”

“대관림을 만들어 주신 은혜를 절대 잊지 않겠습니다요.”

마을 사람들은 모두 섭섭해했어요.

최치원은 마을을 떠나기 전에 나무 한 그루를 손수 정성껏 심었어요. 그러고는 금호미를 숲 속 나뭇가지 위에 걸어 두면서 마을 사람들에게 말했어요.

"잘 듣게나. 훗날 이 숲에서 소나무와 대나무가 저절로 나거든 내가 이 세상을 떠난 줄 알게."

최치원이 그렇게 떠나고 얼마 뒤였어요.

"어? 처음 보는 어린 나무네?"

마을 사람들은 대관림 안에 새로운 종류의 나무가 자라는 걸 발견했어요.

"앗! 이 나무는 소나무잖아!"

"이건 대나무의 어린싹이야."

"그럼 태수님께서 세상을 떠나셨다는 이야기로구면!"

마을 사람들은 숲에 자라난 소나무와 대나무를 보고 최치원이 세상을 떠난 것을 알게 되었어요.

하지만 최치원이 어떻게 죽었는지를 아는 사람은 한 명도 없었어요. 그저 가야산 홍류동 계곡에 나란히 놓여 있는 최치원의 짚신 두 짝을 보았다는 이야기만 들려왔지요.

"태수님께서는 분명히 신선이 되어서 하늘로 올라가셨을 거야."

함양 사람들은 최치원이 죽어서 신선이 되었다고 굳게 믿었답니다. 그래서인지 이곳 대관림은 신선이 만든 숲이라는 별명도 가지고 있어요.

그런데 이 대관림을 지금은 상림으로 부른답니다. 왜 그럴까요? 다음 이야기를 들어 보세요.

수십 년의 세월이 흐르고 유난히 비가 많이 내린 어느 해였어요.

"도무지 비가 그치지 않는구면."

"이러다가 마을에 홍수가 또 나는 건 아닌지 모르겠어."

"비를 보니 대관림도 소용없을 정도야."

"그러게 말이야."

얼마 뒤, 마을 사람들이 걱정했던 대로 마을에 정말 홍수가 나고 말았어요.

"아이고! 둑이 터졌다!"

어마어마하게 큰 물줄기가 둑을 터뜨려 버렸어요. 결국 둑은 허리가 잘리고 말았답니다. 그 뒤 둑이 잘린 부분에 마을 하나가 더 생겨났어요. 그러다 보니 대관림은 위, 아래 두 개의 숲으로 나뉘게 되었지요.

"위쪽 숲은 상림, 아래쪽 숲은 하림이라고 부릅시다."

이렇게 해서 대관림은 상림과 하림으로 불리게 되었어요. 그런데 하림 지역에는 마을이 들어서면서 숲이 점점 사라져 지금은 흔적만 남아 있어요. 반대로 상림은 지금까지도 함양의 명물이라고 소개될 만큼 울창한 숲의 모습을 잘 지켜 오고 있답니다.

상림은 나이로 치면 천 년이 넘은 숲이에요. 사람의 손

으로 만든 숲 중에서 역사가 가장 오래되었지요. 또 이곳은 자연 재해를 이겨 낸 우리 조상들의 지혜를 잘 보여 주는 곳이기 때문에 문화적으로도 가치가 높아요. 상림은 천연기념물로 지정되어 보호를 받고 있답니다.

하지만 상림이 더욱 특별한 건 이곳이 도무지 사람이 만든 숲 같지 않다는 것이에요.

"원시림과 하나도 다를 게 없군요!"

"정말 신선의 숲이 맞는 것 같아요."

이곳을 찾는 사람들은 상림의 모습에 입을 다물지 못해요. 상림에는 2만여 그루가 넘는 나무들이 모여 있어요.

모두들 백 년, 이백 년을 훌쩍 넘긴 나무들이에요. 5백 년을 넘긴 나무도 어렵지 않게 볼 수 있고요.

특히 상림의 나무들은 대부분 우리나라 토종 낙엽 활엽수예요. 천연기념물로 정해진 숲 중에서 낙엽 활엽수림은 오직 상림 한 곳이라고 해요. 그만큼 가치가 높은 곳이지요.

상림 가장 높은 곳에는 서어나무, 고로쇠나무, 신나무, 느티나무, 물푸레나무, 이팝나무, 까치박달나무 등 큰 나무가 자라고 있어요. 중간 높이에는 참싸리, 싸리, 능수버들, 산수유나무, 쥐똥나무, 개암나무, 뽕나무, 자귀나무 들이 빼곡하게 자라지요.

잘 보이지는 않지만 나무들 밑으로는 찔레꽃, 칡, 새머루, 담쟁이덩굴 등이 더불어 자리 잡고 있어요.

"어떻게 이렇게 많은 종류의 나무를 가져다 심었을까?"

사람들은 이렇게 감탄하지만 이곳의 나무를 다 사람이 심은 건 아니에요. 숲이 이루어지는 도중에 꼭 사람이 심지 않아도 나무가 자연스레 자라는 경우가 더 많거든요.

숲에 물이 충분하고, 일부러 나무를 베거나 환경을 파괴하지 않으면 나무는 낙엽을 떨어뜨리면서 흙을 기름지게 만들어요. 기름진 흙 덕분에 나무는 더 웅장하게 자라고, 자손을 더 많이 퍼뜨릴 수 있어요. 그럼 세월이 흐르면서 숲이 울창해지고 수많은 생명체가 기대어 살아갈 수 있게 되지요.

상림은 조류 보호 구역으로 정해져 있을 만큼 많은 새가 모여 살고 있어요. 꾀꼬리와 딱따구리는 이곳을 대표하는 산새랍니다.

그런데 요즘 수백 년 동안 꿋꿋이 살아온 상림의 나무들이 자꾸 병이 들고 있대요. 또 늙은 나무 옆으로는 어린 나무가 보이지 않고요. 이것은 바로 숲의 번식력이 떨어지고 있다는 걸 뜻하지요. 연구가들은 상림을 쉬게 해야 한다고 말해요.

"산책로를 없애야 해요. 사람들이 밟고 지나간 땅은 시멘트를 깔아 놓은 것처럼 딱딱해졌어요. 이렇게 되면 나무들이 뿌리를 뻗지 못해 잘 자랄 수가 없어요."

"낙엽을 청소하지 말아야 해요. 낙엽을 쓸어 버리면 땅을 기름지게 할 수가 없으니까요."

다행히 상림을 아끼는 사람들이 있어서 지금까지 숲의 생명을 잘 이어 오고 있어요. 천 년 동안 이어져 온 아름다운 숲 상림, 나무들의 역사를 간직한 이곳을 소중하게 지켜 가야겠어요.

상림의 주인공, 서어나무

상림에는 서어나무가 숲의 절반이나 차지하고 있어. 서어나무는 숲이 변해 가는 마지막 단계에 나타나는 나무의 종류야. 숲은 천천히 한 단계씩 성장하고 변해 가지. 그럼 상림이 걸어온 길을 함께 살펴볼까?

상림은 지금의 모습이 될 때까지 어떤 단계를 거쳤을까?

숲이 처음 이루어질 때는 햇볕을 좋아하는 양지형 나무들이 먼저 터를 잡아.

그늘에서도 잘 자랄 수 있는 음지형 나무들은 양지형 나무 밑에 간신히 자리

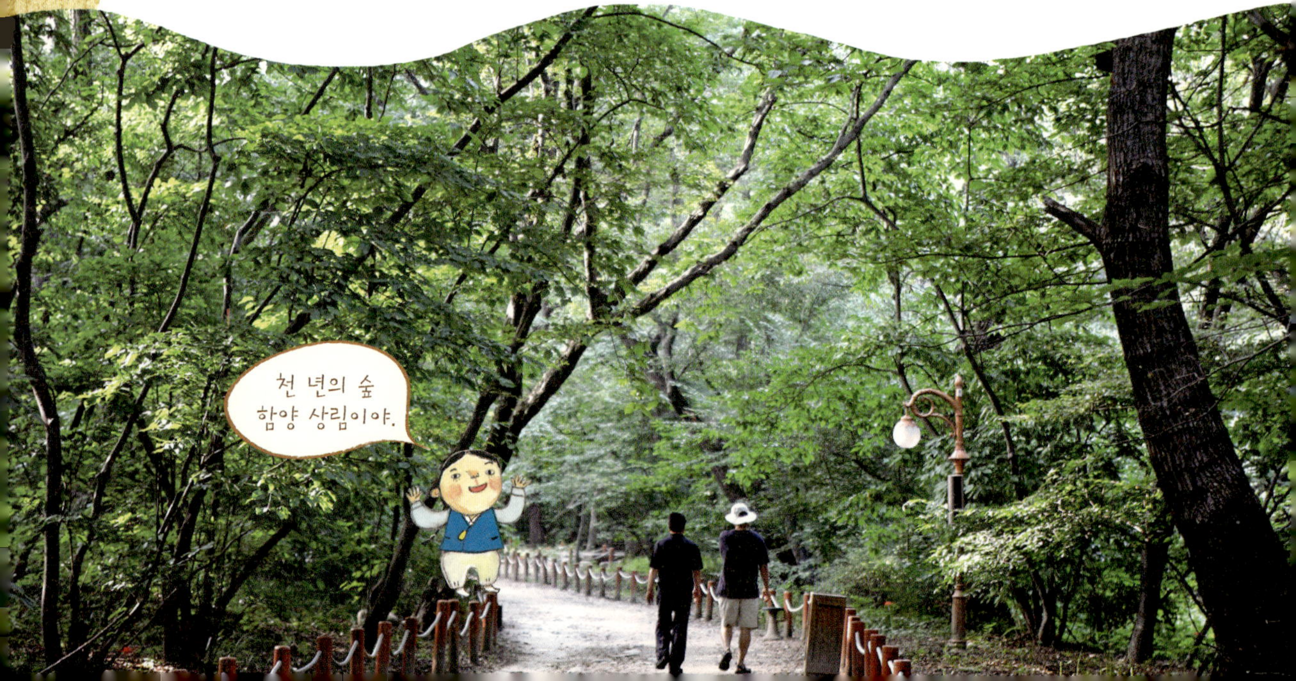

를 잡지. 음지형 나무는 햇볕에 큰 영향을 받지 않아서 양지형 나무보다 더 빨리, 더 크게 자라. 그리고 결국 음지형 나무가 더 많은 자리를 차지하게 되지. 이런 상태의 숲이 바로 천연림이야. 상림이 음지형 나무인 서어나무와 참나무로 채워진 걸 보면 천연림이 되었음을 알 수 있지.

 **상림에 가장 많이 자라고 있는 서어나무를 만나러 가 볼까?**

서어나무는 땅이 기름지고 안정된 곳에서 자라는 나무야. 땅 힘이 약해지면 사라지지. 한때 서울 남산에는 서어나무가 가득했대. 그런데 남산이 공해에 시달리고 땅이 척박해지면서 서어나무는 사라지고 말았어.

서어나무처럼 음지형 나무들은 숲에 여러 가지로 이로워. 우선 서어나무는 물을 가두어 두는 능력이 뛰어나고, 땅을 잘 붙들고 있기 때문에 큰비가 내려도 흙이 쓸려 가는 것을 막아 주지. 반대로 가뭄이 들었을 때엔 물을 흘려보내. 또한 동물들이 쉬거나 몸을 숨기기 쉬운 보금자리도 마련해 주기 때문에 생태적인 가치도 매우 높아.

교과가 튼튼해지는

우리 것 우리 얘기

우리나라 곳곳의 아름다운 생태지와 그곳에 사는 신비로운 동식물들의 이야기, 잘 읽어 보셨나요?

이러한 생태지는 오랜 세월 동안 우리 동식물들의 보금자리가 되어 온 소중한 곳이랍니다. 또 옛날 우리 조상들의 재미난 전설과 역사가 전해져 오는 살아 있는 박물관이기도 해요.

그럼 다 함께 우리나라 곳곳의 생태지로 여행을 떠나 볼까요? 생태지에서 만나는 생명들을 모두 소중히 여겨야 한다는 것도 잊지 마세요!

생명이 살아 숨 쉬는 곳, 우리 생태지

우리나라 곳곳에 있는 갯벌과 숲, 섬, 강 등이 모두 아름다운 우리 생태지랍니다. 수천 년, 수만 년 동안 소중한 자연의 생명과 신비한 이야기들을 간직해 온 이곳으로 이제 다 함께 떠나 볼까요?

갯벌

무창포 갯벌

썰물 때에는 바닷물이 갈라지는 모세의 기적 같은 모습을 볼 수 있어요. 1.5킬로미터의 바닷길이 드러날 때에는 조개, 새우, 집게, 게 등을 마음껏 볼 수 있지요.

(충청남도 보령시 웅천읍 관당리)

제부도 갯벌

하루 두 번 썰물 때가 되면 육지에서 제부도로 가는 바닷길이 열려서 걸어갈 수 있어요. 바지락, 게, 다슬기 등 갯벌 생물을 체험할 수 있어요.

(경기도 화성시 서신면 제부리)

무안 갯벌

해안선이 복잡하고 섬이 많아 아름다워요. 원래의 모습이 잘 지켜져 있어 우리나라에서 처음으로 지정된 습지 보호 구역이며 람사 협약 습지이기도 해요.

(전라남도 무안군 해제면 유월리)

광릉 국립 수목원

우리나라에 하나밖에 없는 천연 학술 보존림 지역이에요. 1468년에 이곳에 광릉이 만들어져 지금까지 잘 보존되어 오고 있어요.

(경기도 포천시 소흘읍 직동리)

원성 성남리 성황림

수백 년 전부터 이 숲에는 서낭신이 산다고 믿었어요. 지금까지도 '신의 숲'으로 불리며 숲 전체가 천연기념물 제93호로 지정되어 있어요.

(강원도 원주시 신림면 성남리)

안면도 자연 휴양림

오랜 옛날부터 내려온 우리 토종 나무숲이에요. 1988년에 산림 유전자원 보존림으로 지정되었어요.

(충청남도 태안군 안면읍 승언리)

장성 축령산 편백나무 숲

1956년부터 21년 동안 한 사람의 정성으로 만들어져 지금의 모습이 되었어요. 암 환자가 많이 찾는 치유의 숲으로 유명해요.

(전라남도 장성군 서삼면 모암리)

섬

울릉도

독도

울릉도와 독도

울릉도는 화산 활동으로 생긴 섬이에요. 넓이가 60만 평이나 되는 나리 분지와 원시림으로 둘러싸인 성인봉이 멋있어요. 울릉도 동남쪽에는 같은 화산섬인 독도가 있어요. (경상북도 울릉군 울릉읍 도동리/독도리)

다도해 해상 국립공원

아름다운 해안과 바다 절벽, 갯벌, 소금을 만드는 염전이 유명해요. 2009년 유네스코 생물권 보전 지역으로 지정되었어요.

(전라남도 신안군에서 여수시 돌산읍까지 이르는 해안 일대)

완도 예송리 상록수림

사계절 내내 따뜻하고 땅이 기름져서 빼어난 숲이 만들어졌어요. 특히 완도 예송리 상록수림은 천연기념물 제40호로 지정되어 있어요.

(전라남도 완도군 보길면 예송리)

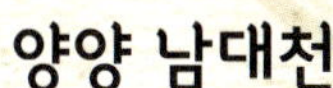

양양 남대천

매년 10월이면 연어가 자기가 태어난 강으로 힘차게 되돌아오는 것을 볼 수 있어요. 해마다 연어 축제도 열려요.

(강원도 양양군 남대천 일대)

금강 철새 조망대

우리나라 3대 철새 도래지예요. 가창오리, 기러기, 청둥오리 떼의 아름다운 모습을 관찰할 수 있는 조망대가 있어요.

(전라북도 군산시 성산면 성덕리)

섬진강 수달 서식지

천연기념물 제330호인 귀염둥이 수달이 살고 있는 강이에요. 수달의 먹이도 풍부하고, 몸을 숨기기 쉬운 갈대숲도 많아서 자연 생태계 보전 지역으로 지정되어 있어요.

(전라남도 구례군 문척면 · 간전면 · 토지면 섬진강 일대)

〈오십 빛깔 우리 것 우리 얘기〉 시리즈
권별 교과 연계표

 국 국어　 사 사회　 과 과학　 도 도덕　 음 음악　 미 미술
 체 체육　 실 실과　 바 바른 생활　 슬 슬기로운 생활　 즐 즐거운 생활

- 신 나는 열두 달 명절 이야기　사 3-2　사 5-1　사 5-2　슬 1-2
- 관혼상제, 재미있는 옛날 풍습　국 1-2　국 4-1　사 3-2　사 5-2
- 조상들은 어떤 도구를 썼을까　국 2-2　사 3-1　사 5-1　사 5-2
- 옛날엔 이런 직업이 있었대요　국 5-1　국 6-2　사 3-1　사 4-2
- 꼭 가 보고 싶은 역사 유적지　국 4-1　국 4-2　사 6-1　사 6-2
- 신토불이 우리 음식　국 3-1　사 3-1　사 5-1　사 6-2
- 어깨동무 즐거운 우리 놀이　국 4-1　사 5-2　체 4　즐 1-2
- 나라를 다스린 법, 백성을 위한 제도　사 3-2　사 4-1　사 6-1　사 6-2
- 하늘을 감동시킨 효자 이야기　도 3-1　도 5　바 1-1　바 2-2
- 오천 년 지혜 담긴 건물 이야기　국 4-1　국 4-2　사 5-1　사 5-2
- 세계가 놀란 발명 이야기　국 3-1　국 5-2　사 3-1　사 5-2
- 빛나는 보물 우리 사찰　국 4-1　사 6-2　바 2-2
- 나라의 자랑 국보 이야기　국 5-2　사 6-1　사 6-2　바 2-2
- 나라를 지킨 호랑이 장군들　국 4-2　국 6-1　사 6-1　바 2-2
- 오천 년 우리 도읍지　국 4-1　사 5-2　사 6-1
- 하늘이 내린 시조 임금님들　국 6-2　사 5-2　사 6-1　바 2-2
- 옛날 관청과 공공시설　사 3-1　사 3-2　사 6-1　사 6-2
- 옛사람들의 우정 이야기　국 4-1　국 6-2　도 3-1　바 1-1
- 얼쑤, 흥겨운 가락 신 나는 춤　국 6-1　국 6-2　사 3-1　음 3
- 아름다운 독도와 우리 섬　국 2-1　국 4-1　국 5-2　사 4-1
- 본받아야 할 우리 예절　국 3-2　도 4-1　바 2-1　바 2-2

- 놀라운 발견, 생활의 지혜 　국 2-1　국 2-2　사 3-1　사 5-1
- 옛사람들의 교통과 통신 　사 3-2　사 4-1　사 5-2
- 머리에 쏙쏙 선조들의 공부법 　국 4-1　국 4-2　국 6-2　도 3-1
- 우리 국토 수놓은 식물 이야기 　국 1-1　국 5-1　과 4-2　바 1-2
- 큰 부자들의 경제 이야기 　사 3-2　사 4-2　사 5-2　슬 2-2
- 생명의 보물 창고 우리 생태지 　국 2-1　국 4-2　사 6-1　과 5-2
- 우리가 지켜야 할 천연기념물 　국 2-1　과 3-2　과 4-1　과 5-2
- 안녕, 꾸러기 친구 도깨비야 　국 2-2　국 3-1　국 4-1　사 5-2
- 오천 년 우리 강 이야기 　사 3-2　사 5-1
- 교과서 속 우리 고전 　국 3-1　국 4-2　국 5-1　국 6-2
- 알쏭달쏭, 열두 가지 띠 이야기 　국 3-1　사 3-2　사 5-2　사 6-1
- 빛나는 솜씨, 뛰어난 재주꾼들 　국 4-2　사 6-1　음 4　미 3, 4
- 수수께끼를 간직한 자연과 문화 　국 4-1　사 5-2　바 2-2
- 옛사람들의 근검절약 　국 6-2　사 4-2　도 5　실 5
- 민족의 영웅 독립운동가 　국 6-2　사 6-1　바 2-2
- 우리 조상들의 신앙생활 　국 5-2　사 3-2　사 5-2　사 6-1
- 정다운 우리나라 동물 이야기 　국 2-1　국 2-2　국 6-1　과 3-2
- 멋스러운 우리 옛 그림 　국 4-2　사 6-1　미 3, 4　미 5
- 전설따라 팔도명산 　국 2-1　국 2-2
- 방방곡곡 우리 특산물 　사 3-1　사 4-1　사 5-2
- 아름다운 궁궐 이야기 　국 4-1　사 6-1　미 5　바 2-2
- 역사를 빛낸 여자의 힘 　사 6-1　바 2-2
- 신명 나는 우리 축제 　사 3-1　사 4-1
- 우리가 알아야 할 북한 문화재 　사 5-2　사 6-1　바 2-2
- 봄, 여름, 가을, 겨울 24절기 　사 5-1　사 6-1　과 6-2　슬 6-2
- 나누는 즐거움 우리 공동체 　도 4-1　바 2-2
- 이야기가 술술 우리 신화 　국 1-2　국 6-2　사 3-2　사 5-2
- 흥겨운 옛시조 우리 노래 　국 6-2　사 5-2　음 3　음 6
- 조상들의 지혜, 전통 의학 　국 5-1　국 6-2

오십 빛깔 우리 것 우리 얘기 22

생명의 보물 창고 우리 생태지

초판 1쇄 인쇄 | 2011년 4월 21일
초판 1쇄 발행 | 2011년 4월 28일

글쓴이 | 우리누리
그린이 | 홍우리

발행인 | 김우석
편집장 | 신수진
책임 편집 | 이정은
편집 | 최은정, 박경화
마케팅 | 공태훈, 김동현

편집 진행 | 최문영
디자인 | 조성이
인쇄 | 영신사

발행처 | 중앙북스
등록 | 2007년 2월 13일 제 2-4561호
주소 | (100-732) 서울시 중구 순화동 2-6번지
편집문의 | (02)2000-6324
구입문의 | 1588-0950
팩스 | (02)2000-6174

ⓒ 우리누리 2011

ISBN 978-89-278-0119-1 14800
        978-89-278-0092-7 14800(세트)